火球花

◎陳文榮　著

火球花散文集自序

　　本書是作者第六本散文集，收集聯合報鄉情版從民國八十年到九十年間發表的「告別年代」系列的文章。鄉情版改版後，懷想童年滋味作品改投繽紛版。中國時報寶島版時期，就發表部份作品，改版為浮世繪版後，繼續發表深情記事及自然物語孚列。中時與聯合的婦女家庭版，也同時發表部分作品。

　　中華日報北部版停刊後，只剩下南部版，擁有南台灣廣大讀者。我在中華日報副刊也發表多篇小品文。

　　民國八十八年前，報刊還能接受手寫稿件，後來要求以E-m投寄稿件，不得不轉變。以手寫輸入中文到電腦檔案中，再E-m給報社。

　　把十年中陸續發表的文章剪貼成集，命名為「火球花」。寄給幾家出版社，都因書市景氣不佳，全遭退回。網路世界蓬勃發展，紙本閱讀人口大量減少，圖書販售不易，深切體認出版社經營艱辛的情況。

　　民國一百零一年七月，抽離懷想滋味作品由二魚文化出版社出版＜古早味＞。

　　今年整理多年來發表的旅遊文章編為電子書＜歡樂旅遊筆記＞上下冊，早年發表的短篇小說集＜仁心仁術＞由華藝數位公司發行電子書。

　　以火球花為書名，紀念我父親櫻釧先生，這篇文章發表

於民國八十九年七月二十八日中華日報副刊，八十九年十二月號講義雜誌轉載，描繪親情，感念父愛。

加入近年發表作品，書名依然命名為＜火球花＞散文集。然辛苦發表作品，若不能出版成集，剪報散失，極為可惜。因而請王貴芬小姐幫我把手寫稿件及剪報部份重新打字，加上我存檔篇章，重新編排，全部數位化，付了不少心血，終於成冊，感謝她的協助。

感念提供園地當年供我筆耕的報社，成為創作的原動力。近年來自由時報花邊版，中華日報，青年日報，更生日報等副刊，刊登小作，否則這些篇章，恐無法完成，致誠摯的謝意。

一本書經歷漫長十年歲月，經過不少波折，現在終於能出版了，在我寫作的歷程上，又多出一個「新生兒」，當然欣喜不已。

2016 年 8 月於林口自宅

深情記事

親近自然

生活小札

深情記事

火球花開，激起懷想故鄉的思緒。父親當年要我移植火球花的用心，要我們兄弟別忘了故鄉-成長的地方。火球花成為懷想故鄉的觸媒。

懷念、音樂、熱淚

一場特別的謝師歡送會

蕭漢波是中營國小創校以來，服務年資最久的一位老師，不久前，學校用心為他舉辦了一場謝師歡送會，整個過程溫馨感人，也給學生們上了寶貴的一課。

台南縣下營鄉中營國小，今年屆齡退休的蕭漢波主任，締造了幾項該校的紀錄：

他歷任八位校長、服務年資最久——四十六年，到中營任教時最年輕——十九歲、教過的學生最多。

最令中營人感念的就是，他從來沒想請調離開中營，比中營人更愛中營。

蕭漢波住在距中營五公里的麻豆。四十幾年前，以腳踏車通勤，輪胎在碎石子上跳動，路面崎嶇不平；後來改成柏油路面，交通工具也改騎機車，上下班更加便捷。中營的淳厚人情，讓他從不想離開這個小地方。

為感謝他的一片心，學校特地為他辦了一場特別的歡送會。

「桃花舞春風」紀念集
居然是一套完整的學校歷史。

中營國小有一個名氣響亮的國樂團——長雲樂集，負責推動音樂教育的詹良才老師，除了全程策劃音樂會來歡送蕭漢波之外，更花了不少時間，編輯成一本「紀念集」——桃花舞春風。

蕭漢波提供給詹良才一大包他多年來收集的照片，經過整理，居然是一套相當完整的學校歷史。

最珍貴的就是從四十三年到八十三年間，教職員的團體照。這是中營國小的傳統。

從每年參加攝影人士可以判讀出：教職員動態、班級數等資料。

另一項照片就是從民國卅九年到六十三年為止，廿四年之間畢業生的團體照。

最古老的一張民國卅九年的不見了，後來蕭主任向學生李天河借用，居然找出來了。

另一部分則是學校重大活動，也都留下紀錄。集子裡的照片大部分人都散失了，每人急著去尋覓照片中幾十年稚嫩天真的影像。

這項意外的禮物，使校史重現，重溫往日甜美溫馨的回憶。

校長說：「學校是教育機構，因此我們要用教育方式進行歡送活動。」

從八十三年元月份開始，學校為蕭漢波籌畫一系列歡送活動，這也是打破中營國小的紀錄。

陳再添校長說：「學校是教育機構，因此我們要用教育方

式進行歡送活動。」

　　首先，校長利用一星期升旗典禮時間，請蕭漢波向全體師生講話。另外，在作文、美術課程中，以感念師恩為主題，讓學生自由發揮；「長雲樂集」策畫音樂會節目，家長委員會舉行歡送會，其授業學生籌備感恩會。

　　元月份密集的歡送活動，使蕭漢波主任深切的感受到中營人對他的熱情，內心感動不已。

　　元月三十日掀起歡送高潮，下午六時就在音樂教室舉行「桃花舞春風」音樂會。

　　音樂會最後是蕭漢波獨唱一首日本旋律淒美的曲子「十代之戀」，「雖然我還是愛你們，但不得不離開……」，唱到一半，他哽咽起來……。

　　勉強唱完了充滿了無奈而哀傷的曲調，現場爆出了一陣陣熱烈的掌聲，教室的門窗都震動起來。這時全家人上台，由他的孫子蕭竣升小朋友鋼琴主奏，中營國小合唱團表演「甜蜜的家庭」，優美和諧的歌聲中，結束一場不一樣的歡送會。

　　最後的節目就是畢業的校友辦桌聚餐來歡送他，參加人數將近三百人，席開廿五桌。

　　中營國小蕭漢波老師辦這樣一場退休歡送會，不僅讓蕭老師個人永難忘懷，對所有學生來說，也都上了意義深遠的一課。

為什麼按我喇叭

　　在高速公路上開車的朋友，最怕的，就是大卡車在內側車道逼近你之後，猛按喇叭加閃遠光燈，聲光交迫，硬要把你逼到外側車道，好讓他駕馭的大車，順暢快速地揚長而去。

　　這種「惡霸」的強悍作風，人人畏懼三分，碰到這種場面，車主大都得乖乖讓道。

　　那一天，我開車載父親南下，過彰化交流道不久，後頭追上一輛大卡車，司機老大猛按喇叭。

　　我心裡想：

　　「怎麼碰上這種司機，真倒楣。」

　　我正準備讓出車道，供其通過。大卡車卻又衝出外側車道，由我車右側快速通過。

　　我不禁納悶，既然要由外側超車，為什麼要按我喇叭，簡直莫名其妙。

　　大卡車過了約二十公尺左右，卡車司機搖下車窗，先按兩聲喇叭，伸出左手，猛拍車門。

　　我立刻會意：

　　一定是司機老大向我警告；是不是我的車門沒關好？

　　我將車子滑向路肩，打開警示的閃燈，將車停妥，下車檢查，果真嚇出一身冷汗——

　　原來後右側的車門沒關緊，父親就坐在後座。高速行駛下，萬一車門開了，父親被甩出去，後果簡直不敢想像。

　　多謝你！司機大哥。　（登載於 1995.3.4 聯合報繽紛版）

用真愛回報新莊人的恩

**五十年前在新莊國小任教六年的日本人古園清一，在校中曾以兇悍聞名。
但卅四年日本無條件投降後，新莊人徐氏夫婦的救命之恩，促成他今天以具體行動回饋新莊地方……。**

古園清一先生，日本九州鹿兒島縣阿久根市人士。五十年前曾經在新莊國小服務過六年。最近他捐贈廿六部電腦及週邊設備給學校充實教學設備。古園清一先生為什麼這麼熱愛新莊？這要從民國廿九年（昭和十五年，西元一九四〇年）談起。

民國廿九年（西元一九四〇年），年輕英俊的古園清一奉派到新莊公學校報到，他是摔角高手，又精於書道，管教學生極為嚴格，以性格兇悍聞名。

當年六年三組級長陳英群回憶說，六年級快畢業前幾個月，古園擔心學生考不上中學，每天下課以後，便通知準備考中學的同學到他宿舍做課後輔導，沒有收取任何費用。

民國卅四年八月十五日，日本宣布無條件投降，這消息對古園形成強烈衝擊。他強忍戰敗的屈辱，等待被遣送回國。

這時候新莊地區頗有名望的學生家長徐火獅，邀他到瓊林里暫住。他意外的體驗了一段台灣農村的田園生活。

　　徐家夫婦對年輕的古園，如同自己兒子一般的呵護照料，唯恐古園受到傷害（因為統治者壓制同胞的殘酷事實，恐怕引發報復）；古園也跟徐家人下田種菜。

　　民國卅五年三月，徐家人贈送旅費、衣物，古園回到家鄉，重新擔任教職，成家立業，後來升任櫻島公學校校長，十五年前退休。

　　民國六十五年，新莊國小畢業受教古園的校友，舉辦歡迎會，迎接古園來台，四屆學生一百多人參加。古園一下飛機，便要求到徐火獅的墓園掃墓，之後他先後來了三次。古園家供奉神明廳堂裡的供桌上，並供著徐火獅夫婦的相片，早晚焚香膜拜。

　　今年初，古園寫信給他以前的同事鄭春子女士、學生林國棟，表明捐獻教學設備給新莊國小，作為回饋、感念新莊人的熱情。經與校長李欽銘洽談，確定捐贈廿六套最新電腦及週邊設備。由林國棟、陳英群負責採購，已於五月十五日交給學校使用。預定下次到台灣時，舉辦捐贈儀式。

　　負責與古園先生書信往還約一百多次的宋添財，最近接獲古園的來信，其中有一段寫出他對台灣深切的懷念：

　　「台灣是我的第二故鄉，在台灣六年的日子裡，承受的恩澤永遠無法報答。現在我垂垂老矣！但我誠摯的期盼：台灣的子弟們，不久的將來，成為亞洲的王者。」

（登載於 1995.6.9 中國時報寶島版）

愛心接力

火車停靠嘉義火車站，一位年輕人背著白髮皤皤的老先生上車，細心地安頓老人。眼看火車即將開動，老人催促著年輕人：

「先生！趕緊下車，快開了。」

年輕人向老人鄰座的小姐說：「拜託妳了！他到台中下車。」

老人一臉的真誠，嗓門特大地喊：

「先生！謝謝你啊！」顯然這位年輕人原先與老人並不認識，是老人意外獲得他的協助，順利搭上火車並安心落座。

此後一路上，我見那鄰座的小姐，沿途細心照料著那位老人，如同自己的親人長輩一般。

火車進入台中站，火車慢慢停下來，老人顯得有點焦慮不安起來。那小姐趕忙說：「老先生！別緊張，等一下有人背你下車的。」

原來，她已經找到一位也在台中下車的青年，同意背老人下車。

火車停妥後，她負責提三份行李及老人的拐杖。另一位年輕人背起老人，跟著下車的旅客，緩緩下車。

目睹車廂裡這一幕溫馨場景和感人善行，深深覺得是這幾位年輕人以他們的愛心接力，溫暖了料峭的春寒。

（登載於 1996.3.23 聯合報繽紛版）

牽手一世情

　　老羅在學校裡擔任工友，除負責一部分校園清掃工作，也管理體育器材。

　　今天早晨老羅在妻子協助下，清掃完四個籃球場上、學生隨手丟的紙盒、飲料罐子。

　　他用推車將一大包垃圾推到垃圾車旁邊，正準備用力拉抬垃圾丟進車子裡。

　　他妻子大聲吆喝：

　　「等一下！我來幫忙。」

　　老羅停下來，等他太太來協助。

　　夫妻倆合力將一大包垃圾丟進車子裡，她喋喋不休：

　　「那麼重的垃圾一個人抬，萬一又閃了腰……。」

　　老羅默默忍受她關愛的嘮叨。

　　老羅本來是一個人住在學校裡，每星期六回家，星期一再到學校上班。

　　去年生了一場病，住院開刀療養了一陣子，康復後銷假上班，妻子跟他到學校來，協助他工作，尤其粗重一點的，都由妻子代勞。

　　現在老羅身體恢復得差不多了，妻子依然留下來陪他。

　　他兒子媳婦開了一爿雜貨店，媳婦請求她回家幫忙帶孫子；但老羅不肯辭掉工作，只好留下來陪丈夫。

　　她說：

「老伴比孫子更需要照顧。」

他們珍愛人生的黃昏，牽手走向一世的情緣。

（登載於 1996.7.3 新生報副刊）

多桑！早安！

　　我父親於八十一年三月罹患中風！幸賴二弟、三弟及時送高雄醫學院搶救，挽回生命。

　　他住在加護病房三星期，因腦幹受到傷害，病情幾度急急。經主治大夫及醫療人員救助，使傷害降低。病癒出院回到老家，才發覺我母親在他住院期間心臟病發往生。

　　這種沈重的打擊，對一位大病初癒的老人來說，無法受的傷痛，是可以想像的。

　　經過一陣子的療養，他希望守住老家，不願意到兒女的小家庭裡生活。

　　他成為獨居老人；但我們五個兄弟、一妹，每星期總有人回去陪他過二、三天。

　　沒有兄弟、妹回老家陪父親時，就以打電話方式了解父親動態，以早、中、晚三班分開來打。我負責每天早晨十點鐘整打電話回家。

　　「多桑！早安。」

　　是每天固定的問候語兼開場白。從他回話的語調中，約略聽得出來他今天的情緒，包括身體狀況。

　　從天氣談起是比較富有變化的。因為天氣的陰晴、冷熱，都會有所改變。

　　如果想不到話題，就要事先構思好特定話題的內容，諸如兄弟姊妹各小家庭的動態，也可聽他談論家鄉親友情況。

使談話內容不要流於一成不變、單調乏味。

談話的內容豐富、並且充滿關懷之外，最重要的是掌握一個原則：他身體狀況的訊息、由他親自敘述、實際了解他的病情，做為送他到醫院治療的參考。

幾年下來，他每天十點鐘左右，都會守在電話機旁邊等電話。這種習慣養成以後，每天到了十點鐘，不打電話回家，就好像什麼事情沒做一樣。

他中風後行動稍有不便之外，幸好記憶、思考能力都沒受損，他愛回憶陳年往事，雖然講過很多次，依然興致勃勃的聊個沒完。我就當他的忠實聽眾，不去掃他的興，讓他沈緬於半世紀前得意的往事。

去年初夏，果園裡的雜草長得很高。除草工作都是六弟回老家的任務之一。我偶爾也會背起除草機割除雜草。

那天天氣很熱，早晨十點鐘左右，天氣燠熱，方操作除草機一小時左右，汗流浹背。

父親一手拄著拐杖，一手端著一個碗，碗裡裝著清涼退火的「粉粿」，因手的抖動糖水溢出來。

「休息一下吧！你好久沒吃過粉粿了吧！」

我停下工作，接過他手裡裝滿「愛與粉粿」的碗，喝一大口沁涼的糖水。

簡樸過日，對物的佔有慾越少，日子過得越自在，這是他老年生活的體悟。

（登載於 1997.4.2 中國時報醫藥保健版）

救回一張車票

　　去年十一月八日早上，我搭自強號南下。抵嘉義站下了火車，走出月台時，三弟已在出口處揮著手。

　　從口袋裡掏出火車票交給中年女站務員，匆匆趕往三弟停車的地方。兄弟倆邊走邊聊，走了幾十公尺，突然聽到背後有人叫喊：「先生！你車票拿錯了。」

　　我們停下來，回頭看，認出對方是剛剛那位站務員。她手裡拿著火車票說：「這張車是回程的，你是不是拿錯了？」

　　我掏出皮夾，找出另一張車票，果然是「去」程車票，於是和站務員換了回程車票。「謝謝妳！服務真周到。」我說。

　　如果她沒有換回我的車票，回程時我一定要再買一次車票。對那位站務人員的敬業精神、熱心服務態度，由衷地感佩。

（登載於 1998.1.7 聯合報繽紛版）

最富有的阿婆巡山員

這次去草嶺風景區，往「峭壁雄風」景點的路上，看到一位老婦人，沿途撿垃圾。

她背負一個袋子，將路邊的紙屑、果皮、飲料罐子，一一撿起來，放進背袋裡。

跟她打招呼，發現阿婆臉上，佈滿歲月風霜，皺紋爬滿褐黑的臉龐。

阿婆今年快六十歲了，風景區管理委員會雇她維護風景區的清潔工作。

她說：

「兒女都已成家立業，我身體勇健，每天只要天氣晴朗，我就出來工作、走走路、爬爬山，對身體也不錯。」

她很滿意自己的工作，非常隨興自由，因為按日計酬，家裡有事忙碌時，她可以不必出來巡山。

我們大隊人馬六百多人一一扶繩走下「大石壁」，沿著清水溪谷沿岸，走到吊橋附近時，發現阿婆早已到達。

再度碰面，她一下子就認出我來，並很高興的跟我打招呼。我讚美她的腳程很快。她笑得很開心說：

「平時少有遊客跟我講話，今天你關心我，真歡喜。」

她是山的子民，每天巡山賞景，非常滿足她擁有的一切。

（登載於 1999.3.7 中國時報第 34 版）

火球花

十幾年前的夏天，回麻豆老家，院子裡的盆栽，冒出一朵棘球形狀的花卉。問父親那叫什麼花？

他說：「都叫他做棘球花。你喜歡的話，帶幾個鱗莖去北部，種在花盆裡，明年夏天就會開花。」

父親自教職退休後，在自己家裡蒔花種草，只要發現新品種的花卉，他一定想辦法栽培，自得其樂。

後來查詢資料棘球花正式名稱叫「火球花」，屬石蒜科，地下鱗莖。民國四十七年自南非引進，普遍栽種於南部地區，深受花友們的喜愛。十幾年來，每到六月中旬就自動開放，引起家人注意，進出家門時多看她幾眼。花期約十天左右，花兒謝了，凋萎的軀體在烈日下曝晒，枯乾而憔悴。她屬於多年生宿根性植物，儘管平時疏於照料，關懷，到了夏天總不會忘記一年一度的繽紛。儲存於莖部的養份居然能委維持十幾年的生命。

去年春天，父親往生後，偌大宅院，乏人照料，兄弟們早就遷居各地，少有回老家機會。盆栽裡的花草想必全部枯萎，想起父親生前鍾愛的火球花能倖存否？令人惦念。

這幾天氣溫上升到攝氏三十度，火球花兩盆都開花了。纖細的花梗頂著圓形球體，鮮紅的繖形花序，形狀特殊，豔麗如昔。

火球花開，激起故鄉懷想的思緒。想起父親當年要我移

植火球花的用心，要我們兄弟不要忘了故鄉，忘了成長的地方，火球花成為懷想故鄉的觸媒。

（登載於 2000.7.28 中華日報副刊、

講義雜誌 2000.12 月號轉載）

她拉我坐下

　　一早上了公車，車廂裡有點擁擠。到學校那一站，學生全部下車，車廂裡空了許多；但我依然沒有位置。

　　雙手攀住拉桿，車子在崎嶇山路奔馳，身體跟著擺盪。突然聽到一聲：

　　「老先生！這位置給你，請坐。」

　　輕柔而親切的女孩子聲音。

　　我愣了一下，發現一位年輕的小姐，戴眼鏡，很斯文的樣子。從來沒人叫過我「老先生」，她的位置是讓給我的嗎？

　　她看我沒反應，索性拉一下我的衣袖，又說：

　　「坐下來比較安全。」

　　「我快到了，謝謝妳！」

　　她又拉我一把，眾目睽睽之下，我坐下來。

　　車廂外陽光璀璨，金黃光澤洒在翠綠山巒，胸懷裡漾起一股暖，彷彿春天陰霾多日乍晴的陽光，令人無比的溫馨，舒暢。

　　　　　　　　　　　　（登載於 2000.5.6 聯合報繽紛版）

遺忘的金項鍊

　　秀蘭妹為了娶媳婦，忙得不可開交。先到銀樓買回訂婚用的金飾，放進平時很少打開的銀行保險箱。赫然發現一只陌生的紅包袋，拿在手裡，感覺沈甸甸的。

　　袋子已經有點褪色。上頭寫一行字：

　　「母親託寄，二舅母八十大壽禮物。」

　　她想起來，這包禮物是母親生前打造的金項鍊，託她轉送給二舅母八十歲的生日禮物。

　　二舅母是我妻淑貞二舅的太太。母親每次到北部探訪兒孫時，都蒙她熱誠接待。到了晚年，她們成為無話不談，情同姊妹的姻親。

　　母親有一次生日，二舅母送她一只金戒指，深切感念這份情誼。生前打造一條金項鍊。秀蘭妹返鄉時，託付她，等二舅母八十大壽時轉贈。母親於七年前往生，二舅母八十大壽也過了，禮物卻沒送出去。

　　八年前，妹妹拿回禮物，恐怕遺失，就讓妹婿存放在保險箱裡。忘記母親交待的大事。

　　妹妹問我該怎麼處理這份遺忘的禮物？我想等她下次生日再補送吧！

　　二舅母三年前就做了八十大壽。邀請所有親友聚餐。

　　知情賓客送來賀禮，全部婉謝。她說：「年紀一大把，收不應該擁有那麼豐厚的禮物。感謝上天，給我健康的身體，

愉悅的心情，不為世事憂煩，我就很滿足了。謝謝各位光臨。」

　　她深切體認多施捨，少佔有，乃快樂的泉源。也是她老人家健康長壽的原因吧！

　　母親晚年體弱多病，心臟開刀後病情未見好轉。預感不久於人世，對她感念的親友，孫兒女婚嫁，一一打造紀念金飾分別事先贈送，做為紀念。唯獨二舅母這份一直保管著。

　　今年農曆七月十九日，她八十三歲大壽，她兒孫為她慶生，邀我夫婦參加。帶這條金項鍊在席上送給她。特別講述這條金項鏈遲送的原因。沒有拒收的理由，她欣然接受，妻為她佩帶，席中響起溫馨的掌聲。我們完成母親生前交待的任務。

（登載於 2000.10.13 新生報副刊）

快樂司機

　　天空灰濛濛的，飄下幾點雨滴，心情也隨著天候沈悶起來。上了公車，碰到同社區的鄰居，互道早安，彼此問候。

　　年輕司機穿戴整齊，待乘客彬彬有禮。駕駛座上吊著一串金屬風鈴，隨著路面起伏，撞擊出輕脆悅耳的節奏：

　　「叮叮噹噹！叮叮噹噹！」

　　司機坐在狹窄空間，專注駕駛公車，他很有創意的豐富工作環境，調劑操作方向盤單調乏味的動作，也讓乘客們分享他的傑作。

　　車子到一處招呼站，一位老先生提高嗓門問司機：

　　「車子要去板橋嗎？」

　　「不是，綠色字體的車牌才是，這部車是紅字的，到台北。」

　　司機耐心的為老先生指著車頭上的標示牌，態度溫和委婉。

　　車子平穩行駛於蜿蜒山路，乘客們有的閉目養神，有的欣賞風景。風鈴敲擊美妙的音籟，司機溫和服務態度，良好駕駛技術，帶給全車乘客安全感及好心情。

（登載於 2000.12.16 工商時報）

我要去台北玩！

　　今天清晨兒子開車經高速公路南下，回到麻豆還不到九點鐘，到市場一家飲食店進早餐，大啖鱔魚麵。一方面向店裡的歐巴桑打聽哪一家的碗粿比較好吃，打算買幾碗帶回台北。

　　她親切又詳盡的介紹本地名產，她店裡的糯米腸風味獨特，我們買了三條帶回台北；但擔心天氣炎熱，會壞掉。

　　她保證不會壞的，因為許多客人帶糯米腸北上。她知道我們從台北南下的，她說：「台北很繁華熱鬧哦！下星期六我也要去台北。」

　　「妳到過台北嗎？」

　　「住在鄉下，沒有機會上大都市，一輩子都沒去過。」

　　「這次怎麼想去台北？」

　　「女兒在台北工作，今年母親節她不回來了，要我去台北玩。」她臉上綻放出幸福的笑容，對今年母親節到台北玩，充滿了期待。

　　母親節到了，你怎麼安排一個不一樣的活動，讓辛勞終生的母親，過一個愉悅歡欣的節日呢？

（登載於 2001.5.12 聯合報家庭版）

菩薩良醫

陪妻帶孫子到一家兒科診所看病。診察室後面佈置一間佛堂。案上供奉一尊木彫佛像,一對精巧蘭花盆栽,綻放素淨的花朵。堂內一塵不染,氣氛寧靜莊嚴。

佛堂的兩側擺設坐椅,供候診病友及家屬休息。

今天早上又開車載孫子前往,清晨人少,掛好號,就抱著孫子在佛堂等候。

九點左右年輕的醫師走進佛堂,和大家親切互道早安。雙膝著地板,真誠禮佛,神情虔敬。

他看診前禮佛,使情緒平靜下來,讓凡俗的心靈沈澱。禮佛時,期許自己:今天願以慈悲心,為病患認真看病,盡力救助病患。即使在嬰兒、孩童哭鬧聲中,依然保持鎮定,向焦慮憂煩的家長詳盡解說寶寶的病情。

妻抱孫子看診時抱怨:小感冒看了好幾次,還會鼻塞,晚上睡不好覺。他不厭其煩為我們解說孫子的病情,順便為我們簡要上一堂育嬰的衛教課程,從居住環境到嬰兒食物的調理。

孫子在醫師悉心診治後病情好轉,又露出天真可愛的笑容。朋友告訴我們這位禮佛的醫師具菩薩心腸,對求診的小寶寶用藥謹慎,絕不下猛藥。

（登載於 2001.9.21 人間福報副刊）

機車沒油那段路

　　前年夏天南返麻豆，是為了祭拜父親。依據習俗，農曆初一、十五日，總要有親人回去祭拜。往昔回老家時，還有人相伴；但這次回到家裡，偌大三合院，父親往生後，空無一人，顯得冷清落寞。

　　為了到街上買點日用品，牽出父親生前心愛的機車。好幾個月沒人騎過。佈滿塵垢。花了幾分鐘時間擦拭，推出車棚，卻無法發動。打開油箱蓋子。發現只剩一點點汽油。勉強騎到加油站，恐怕騎不到吧！如果不冒險，騎出去加油，也沒有更好的辦法了。

　　車子發動，走一條通往加油站的捷徑。行人稀少。車子走了一半，突然停下來，油箱汽油全部燒光了。頂著炙熱陽光，拉機車往加油站一步一步奮力往加油站邁進。流淌汗水濕透衣衫，耗盡體力，疲憊已極，只好將車停在路旁。暫時休息，再徒步到加油站買汽油回來。

　　有位不相識的中年鄉親騎機車路過，發現我的窘狀，主動幫助我，他說：「我載你去買汽油，天氣這麼熱，還要走一大段路哪！」

　　坐上後座，他騎了幾分鐘到達加油站，找到一支玻璃瓶。沖洗乾淨。加油站工作人員說瓶口太小，沒辦法加油。要我找一只耐熱塑膠袋來裝汽油。

　　向附近商家要塑膠袋，一位小姐問我的用途。她特別找

出一只寶特瓶，用美工刀切掉瓶口說：「這樣裝汽油應該沒問題。」

　　回到加油站，買了十七元的汽油，那位陌生的鄉親又載我回原地。將汽油倒入油箱，從新啟動機車上路，夏日裡悶熱的天候，變成輕柔的和風，呼嘯而過，感覺格外舒暢。

　　　　　　　　　　（登載於 2001.10.28 聯合晚報）

請給護理人員多點掌聲

這次因小恙住馬偕醫院新大樓 10c 病房住院治療三天，得到最細心的照顧，才能順利康復，寫出這篇短文表達無限的感念。

進入病房時，門口張貼「病患住院須知」，其中第三條：

「本院不收紅包，請勿攜帶貴重物品，以免遺失。」

明白告知病患不必擔心另一筆開支，安心療養。

新大樓病房雙人床設備新穎，妻戲稱如同住進「觀光飯店」要我安心養病。

鄰近西邊窗戶就是一大片玻璃，躺在床上，一抬頭就看到一框風景，碧藍天空裡白悠然飄逸，幻化無常。減輕心頭的焦慮與傷口的疼痛。

出院那一天早晨，初冬溫煦陽光照耀大地，心境也開朗而充滿喜悅。護理長進來時和善而親切的說：

「恭喜你！今天可以出院了。」

她叮嚀出院回家應注意事項，她送我一張賀卡：

「無盡的愛心與關懷獻給您，祝福您早日康復！」

最重要的卡片上另一行小字：

「如有需要，可以下列方式與護理長聯絡。」

寫出電話號碼及電子信箱。這樣貼心設計為病患解決返家療養時，如遇難題能及時救援。

護理長探詢說：

「護士小姐服務態度您滿意嗎？」

「很滿意，怡安、淑惠、練亭三位服務態度親切、和藹，詳盡解答問題。」

她臨走時說：

「病人給她們多一點鼓勵，就可以讓她們做久一點。」

護士工作辛勞多給護理人員多一點鼓勵，少一點苛責，留住經驗豐富護理人員，讓病人得到更妥善的照顧，早日康復。

（登載於 2001.12.8 中國時報醫藥保健版）

撿到市井善意

昨天清晨我從市場肉攤買好豬肉走出來,將皮夾放在右邊褲袋裡。和一大串鑰匙擺在一起,覺得好沈重,便將鑰匙順手掏出來,放到左邊口袋。

才走幾步路,突然有人叫著:「先生!你的皮夾掉了。」

回過頭看到一位年輕朋友手裡拿著我掉落而不自知的皮夾,一路追來。當場愣了一下,接過皮夾,再三向他道謝。

「不客氣!」他迅速轉身離開,高瘦的身影消失於擁擠的人群中。

這時候一位年輕小姐剛好路過,目睹還我皮夾的場景,以欣羨的語氣說:「運氣真好,皮夾掉了,還有人撿起來還給你。」

她或許有過丟皮夾的經驗,但沒找回來,意外發現有人撿到皮夾,原封不動歸還失主,便好生羨慕。

回到家裡,告訴妻我丟皮夾的經過,卻換來一陣「碎碎念」,說我連皮夾掉了都不知道,如果不是那位善良而不貪心的朋友,除了現款損失,所有證件、金融卡、信用卡都要掛失,重新申請,辦理補發,手續麻煩之外,還得耗費時間。

妻要我回到市場找尋還我皮夾的好人,當面向他道謝。

「十步之內,必有芳草」,誠實善良的朋友,依然存在於市井之間。失落皮夾能安然且幸運地回到身邊,真誠感謝拾金不昧的朋友。

（登載於 2002.7.28 聯合報繽紛版）

三代同出遊

　　三月十六日家族到南投梅峰農場賞梅，夜宿農場宿舍。孫子滿兩歲，出生除了跟他母親回娘家住過一晚外，從來沒有外宿過。到深夜還不肯入睡。不斷說著：

　　「這裡不是我們的家，我要回家。」，因為他會認床。

　　怕影響家人入睡，我只好抱著他到戶外散步。室外溫度降到攝氏六度，替他穿上厚重的外套，先在走廊散步，他要求看月亮，只好抱他到走廊外頭。一輪皎潔的明月貼在藍天裡。孫子極興奮，大喊：

　　「月亮好大喲！」

　　尾音拉得長長的。

　　接著他看到繁星在澄澈夜空裡閃耀，他純真的數起星星：

　　「一二三四五…。」

　　實在太多了，數也數不完，他以讚嘆的語調說：

　　「星星好多喔！」

　　看過了高山上的星星及月亮，顯然與都會區的大不相同，他的情緒慢慢穩定下來。

　　妻把他接過去，擁入溫和被窩裡。輕聲告訴他：

　　「早點睡，明天早上爺爺帶你去聽小鳥唱歌。」

　　他或許累了，很快入睡，本來擔心他徹夜不眠的困擾總算化解。

　　另外一個問題就是餵食，到山上去不可能準備平時特別

準備的食物，只能以農場提供的三餐來餵他。菜餚他雖然沒什麼興趣，倒是可以吃幾口飯，三餐喝點牛奶，就不會挨餓。

首次三代同出遊，徜徉於翠綠山野間。櫻花、桃花、李花綻放枝頭，替農場的春天裝扮得燦麗繁華。

三代同出遊，孫子通過考驗，兒子、媳婦都很興奮，期待下次快樂的假期。

（登載於 2003.5.23 中華日報副刊）

疼女婿的西裝

　　妻又從櫥櫃裡翻出我那套結婚西服，裡襯遭蟲咬破，妻問我是否丟棄，已經不能穿了，留下來徒占空間。

　　最後還是決定留下來。理由很簡單，這套西裝除了見證我們長久的幸福婚姻，更有長輩們許多關愛與祝福。

　　這套西服是妻和她的二舅媽，民國五十三年我們結婚前，在台北的延平南路逛了一下午，尋尋覓覓，精挑細選才找到中意的衣料：純英國羊毛織造，黑色淺花格。

　　她們決定布料，我親自去西服公司量身，老闆告訴我，布料加工資一共要新台幣八千塊錢。

　　我嚇了一大跳：因為當時我擔任小學教師的月薪才八百元左右，我得不吃不喝十個月，才能定做那套西裝。

　　當時岳母與二舅媽合夥做生意，兩家共同生活，家務事由二舅媽主導，視妻如同己出，疼惜呵護備至，她抱著嫁女兒的愉悅心情辦喜事，不惜高價為準女婿製作結婚西服。

　　物資短缺、經濟情況欠佳的年代，岳家大手筆送給我的結婚禮服服，非當時一般受薪者所能負擔。

　　婚後這套西服我前後穿了十幾年，參加喜慶、宴會，都穿出去亮相，十分體面；後來西服改成寬領，穿窄領西服出門好像老骨董，只好珍藏起來。

　　如今岳母往生多年，二舅媽年近九十，身體硬朗，耳聰目明。四十年來對我們一家大小、祖孫三代依然慈藹關愛，

令人感念不已。祝福她老人家福壽康寧。

（登載於 2003.7.18 聯合報繽紛版）

公車處服務小姐，讚喔！

　　搭公車時常因不知如何搭乘而大傷腦筋，尤其轉乘到某一站，都必須事先了解。

　　在一次偶然機會，知道市公車服務處有一項搭乘公車詢問電話，解決我的困惑。

　　上班時間電話不好打，經常都是講話中，因此出門後，我常準時清晨八點鐘打電話，每次都能獲得滿意的答覆。

　　服務小姐聽清楚地名或站名，立刻不假思索答覆提問的問題，超強的記憶，真的不可思議。真的比電腦厲害，因為操作電腦，尋獲答案，總要幾十秒的時間吧！

　　服務小姐除了熟記公車行車路線全部資料之外，一天當中接聽數百通電話，不停的答覆問題，不斷的說話，喉嚨就是沈重的負擔；但她們的服務熱誠依然不減，從話筒裡傳來的語句中沒有絲毫不耐煩的感受，如同跟老朋友聊天一般的親切。

　　我退休後到郊區活動通常自己開車。到臺北市區，歡喜搭公車進城逛書店，博物館，陪老婆逛百貨公司，到醫院看病。

　　公車處的服務小姐，提供搭公車正確可靠資訊，樂意成為「公車族」，雖然不認識妳們，還是要衷心地謝謝妳們。

　　　　　　　（登載於 2003.8.12 中國時報浮世繪版）

目擊神風特攻隊

　　好友林兄閒聊到二戰末期，就讀宜蘭農林學校（宜蘭農校），參與宜蘭機場建造，翌年參加學生兵，目睹神風特攻隊員的真面目。時隔六十年，記憶猶新。

　　以下就是他講述的故事：

　　西元一九四四年夏天入學，我就讀一年級時（五年制），日軍已成強弩之末，組織神風特攻隊，以自殺方式駕駛飛機，載運炸彈，攻擊美國海軍艦艇成為最後決戰的戰術。因此建造飛機、機場的工作，迫在眉睫。

小孩也在戰爭中被動員

　　徵召各地勞務工到預定基地從事建設機場工作，因為人數不足，日本當局下令全校停課，一年級生也不例外，參加機場趕建工作。

　　十幾歲的孩子無法負擔粗重工作，只能負責搬運土塊、磚石，奠定機場基礎。缺乏大型工具，只好以人力拖動沈重滾筒，大人們合力在崎嶇不平路面上來回滾動，壓平路面，工作極為辛勞。同時在即將完工的機場內，特攻隊使用的飛機，主要機件由軍方供應，主體結構以手工打造，需要很多人力。組裝而成的飛機也很簡陋，載運炸彈為主要任務，航程也很短，駕駛者必須抱著有去無回，為國捐軀，壯烈犧牲的決心。

一九四五年日軍節節敗退，局勢越來越緊張，宜蘭農林學校學生宿舍改為特攻隊臨時軍營，學生徵召為學生兵。

學生們搬出宿舍，暫時借住國民小學禮堂，地上鋪設榻榻米當床鋪。白天砍伐竹子，編成牆壁，屋頂則鋪上茅草，以防風雨。茅屋蓋好，就搬出小禮堂，住在設備簡陋的茅屋裡。

伙食因軍中補給嚴重缺乏，就連食米也常短缺，連飯都吃不飽。副食也談不上營養可口，對我們正在發育中的孩子來說，苦不堪言。

學生兵飯吃不飽，還得參加戰鬥基本教練，訓練學生戰鬥技能，萬一聯軍登陸時，可以展開肉搏戰來禦敵。

另一項任務也由學生兵擔任，聯軍戰機常來空襲，指派學生兵擔任觀測敵機任務。爬上大樹頂端，找茂密樹葉做掩護，遇有敵機來襲，迅速發出警告，呼叫地面，聯繫防空單位，發出空襲警報。

有一次我輪值，站在樹巔，一大群敵機低空飛行，呼嘯而過，緊接著一陣陣滴滴答答震撼強烈的聲音，機槍掃射地面。我嚇出一身冷汗，差點掉到地上。等警報解除，爬下來時，發現樹幹被子彈打進好幾個洞。只差兩公尺左右，子彈可能打穿我的胸膛。

神風特攻隊
無法挽救日本帝國覆敗的命運

這時候北部地區日軍已無還擊能力，任由盟軍飛機自由進入，如入無人之境。南洋地區日軍節節敗退；但新聞報導

卻以日軍正準備出動痛擊敵人來掩飾事實。

　　學校臨時宿舍，緊鄰神風特攻隊軍營，隊員們的舉動，看得很清楚。出任務前夕，隊長集合全體隊員精神講話。慷慨，激昂，高亢，振奮的語調，說明與敵人決戰，效忠天皇，保衛國家，在此一舉。

　　「願意明天出征的勇士舉手。」

　　結果在場的隊員全部舉手，沒有人退卻。隊長挑選出六人，參與死亡的任務。

　　農林學校有一位日籍教師，他的兒子也是特攻隊員，出任務後捐軀。噩耗傳來，教師哀痛情況可以想見；但這位教師在學校公開場合，忍住悲痛，不動聲色，還勉強裝出笑顏。他認為兒子壯烈犧牲，就是忠君愛國英勇的表現，也是至高無上的榮耀。

　　歲月悠悠，六十年的日子，悄然流逝，二五一九條正值青春年華的寶貴生命，冠以特攻隊虛幻的榮耀，駕駛自殺攻擊的飛機，結束自己的生命。神風特攻隊也無法挽回日本帝國潰敗的命運。

（登載於 2004.5.11 中國時報浮世繪版）

志工小姐　謝謝妳

　　去年十一月二日天氣晴朗，和妻登觀音山系其中一座小山—牛港稜山。步道經過整修，階梯鋪上細石子，每踩一步，就發出悉悉嗦嗦的聲音，走起來十分舒適。

　　走到山頂，以肉粽，水果另泡一杯茶當午餐。望著藍天裡的白雲悠然飄過，令人神往。

　　下山後我們坐在涼亭裡休息，妻說到遊客服務中心裡的自動販賣機買兩杯熱咖啡。

　　不多久她端來兩杯熱騰騰，香噴噴的咖啡，放鬆心情啜飲咖啡。過了半小時左右，我背起背包，準備回家。

　　妻也要背背包時，才發現背包不見了，剛才買咖啡時，從背包裡把錢包拿出來付了帳，雙手各端一杯咖啡上來，背包就丟在遊客服務中心裡頭。

　　匆忙趕到遊客中心，志工小姐拿出棕色背包擱在櫃檯上。她說：

　　「背包忘了帶走，我幫你們暫時保管。檢查看看有沒有丟掉什麼。」

　　妻趕緊打開背包，檢查一下皮包裡的各種卡片，原封不動，我們再三向志工小姐道謝。

　　萬一背包丟了，裡頭現金不見了，信用卡，還得申請止付，手續非常麻煩。

陪他過馬路

　　我的朋友洪兄，偶爾在公園散步時碰面，聊一些往事，打發退休後孤獨落寞的時光。

　　夏天林口天氣涼快，他們夫婦通常都住在這裡。到了冬天，他們又遷回台北。今天早上經過公園，準備搭公車下山時，我們又見面了，他顯得很高興。他說：

　　「這裡認識的朋友很少，有時候出來散步，連講話的對象都沒有。明天我們又要回台北了。」

　　從公職退休後，他的身體狀不錯。去年發生一次小車禍，行動比較不方便，外出時，拄著拐杖，影響他的心境，變得更沈默寡言，臉上總掛著憂悒沈悶的神情。

　　我放慢腳步，陪他散步，聊起共同的朋友近況。我要過馬路去搭公車，他也跟過來，他說：「我要去超商買報紙。」

　　橫跨馬路時，車速很快，權充交通警察，擋住車輛，讓他安全通過。沒去攙扶他，影響他的自尊。

　　越過馬路就是一段涉陡坡，他走起來有點吃力。我拱起右手臂，表示對老友的關懷，協助他走上陡坡。

　　他主動以左手拉住我的右手臂，一步一步的上坡。順利走到超商門口。他喘了一口氣說：

　　「老陳！謝謝你啦！陪我走這一段路，耽誤你的時間。」
我前往公車站時，叮嚀他一句：

　　「慢慢走，過馬路時要小心啊！」

　　他頻頻向我揮手，臉上漾著溫煦的笑容，在冬日冷冽的清晨格外燦爛。

懷想祖父二三事

祖母是麻豆街上蔡家望族，生下我父親周歲時，因病往生。祖父續弦，繼祖母又生了三女一男。在繼母嚴厲管教撫養下，才能順利成長。幸虧曾外祖母對我父親格外疼惜，祖父盡力栽培，公學校畢業後考上日治時代「高等科」，才能謀得國民小學教職，養活我們一家人。

日治時期，曾經營中藥批發，二戰爆發，因藥材來源中斷，結束營業。應當時知名歌仔戲團——牡丹社之邀，擔任業務員，隨劇團跑遍台灣各地，熟悉每齣歌仔戲劇情內容。又曾自學命理，卜卦，頗有心得。

台灣光復初期，就在市場一隅擺攤，每天在攤位上開講，吸引一群忠實聽眾，聽他精采的說書。內容就是歌仔戲班演出的劇情，除了開講，也替顧客們相命，為新生兒命名，全部免費服務。以販賣補藥，傷藥粉，跌傷膏藥，做為收入來源。擺攤工作，直到晚年中風後才收攤。

就讀師範學校時，祖父知道我迷上單、雙槓的機械操運動，擔心我受到運動傷害。每次返鄉他老人家都會替我準備一大瓶傷藥粉，懇切叮嚀：早晚服用一次，不但可以去傷解鬱，還可以增進發育。

祖父深信：要我天天服用傷藥粉，對增長發育，一定有所幫助。

他疼惜孫兒的親情，竭盡所能的付出，無怨無悔。

　　他常在親友面前談到他的傷藥粉時，我成為他證明療效的有力證據，他說：

　　「我的大孫－－文榮，就讀師範時天天服用我的傷藥粉，三年長高了許多。」

　　想起服用三年傷藥粉苦澀的滋味，現在的回憶卻是無比的甜美。

　　民國四十五年我從師範學校畢業，分發到離家很近的小學服務。祖父買了一頂涼帽送我，他說：

　　「戴涼帽看起來很紳士，又可以遮日，戴起來很涼快。」

　　他自己外出時，都戴著一頂涼帽，必然體會出涼帽的好處，讓我分享他戴涼帽的樂趣與尊榮。

　　當時部份老年人還是有人戴涼帽，我服務學校的教導鄭主任，五十幾歲左右，全校只有他戴涼帽，看起來穩重而威嚴，頗為氣派。年輕人根本沒有人戴，我不好意思戴去學校。涼帽就一直掛在牆上，根本沒有戴過。

　　我父親看涼帽閒置在那裡，偶爾外出，他就拿去戴，算是移交給給父親使用。民國四十八年九月我北上求學，開始工讀生涯，每次返鄉，那頂涼帽依然掛在牆上。

　　祖父於民國六十四年六月享年八十高壽往生，送我的涼帽，佈滿一層灰塵，顯然父親很少戴用。每次瞧見，總會引發對祖父的思念。

　　民國八十八年五月，父親同樣八十歲往生。清理遺物時，牆上那頂涼帽依舊掛著，帽沿表層斑駁脫落，已經不堪使用。依家鄉習俗，父親生前穿著衣物，除具有紀念意義的保留下

來，其餘的全部焚化，涼帽也丟進熊熊火光裡化為灰燼。

祖父生前常講一句「福者子孫賢。」意思是說子孫具有聰明才智，並且能出人頭地，就是有福氣的人。

他期許我們六個兄弟妹都能夠努力奮發，全力以赴，力爭上游，以免辜負他老人家的期望。

對孫子女們疼惜有加，盡力呵護。家庭生活艱苦的年代，家裡不可能給我們兄弟妹零用錢，兄弟妹們就讀國小，初中只要去找他老人家，叫他一聲「阿公！」都能得到滿意的獎賞。

現在我們除了么弟外，也都當了祖父母，從職場退休，以他老人家的作為學習當祖父母的典範。

祖父生性樂觀和善，沒見過他發脾氣，對待孫子，和顏悅色。待人處世，崇尚以和為貴，從不與人結怨，因此他就沒有仇人，生活自然逍遙自在。

好長官陳上校

民國五十四年，筆者在嘉義第三軍團兵工組擔任少尉文書官。我的頂頭上司就是上校陳組長。組裡我的官階最小，又是預官，對武器、裝備瞭解不多，幸虧組長特別照顧，要我不要急，慢慢學習。

那年冬天，我二、三弟兩人同時結婚，家裡要我請假回家幫忙。假單上附上一份喜帖當證明。組長非但准我假，第二天又送我們一件喜幛，用金黃紙張剪「雙喜臨門」四個大字。落款是「上校組長」。

當時鄉下結婚時張掛喜幛並不多，致贈者官階是上校，掛在牆上，十分醒目，來參加喜宴親友，留下印象格外深刻。

兵工組同仁排定輪流值星，定期到配屬部隊做武器裝備檢查。有一次輪值到我出任務，到新化的砲兵指揮部去。我向組長報告：

「報告組長，砲指部的武器裝備，我一竅不通，怎麼做檢查？」

組長很嚴肅的說：

「去！不用怕。他們怎麼知道你一竅不通。去觀摩一次，下次就不成問題啦！」

檢查那一天，搭上吉普車，和一位經驗豐富的士官到達砲指部。一位少校連表負責向我們解說：態度認真‧誠懇。我們逐一檢查陳列現場的武器裝備。士官從旁協助我當場按

表列內容，一一填記檢查結果。

　　報表呈上去以後，心情忐忑不安，恐怕組長找我去問話，挑出撿查報告不周全的毛病來。

　　不久我奉命調到陸軍第二士官學校擔任國文教官，回到我教書的本行。

　　軍旅生涯中，順利完成外行檢查武器裝備，是一次難得的體驗，也感念陳上校為我加油打氣。

山友的溫情

　　十幾年前學校同仁組攀登大霸尖山的隊伍，行程二天二夜，十分緊湊。夜晚出發，抵竹東，住宿一晚，第二天一大早出發，中午趕抵馬達拉溪畔的登山口。吃過午餐，開始登山，目的地中途站——九九山莊。

　　黃昏時到達九九山莊，九百公尺落差，加上背負個人裝備，的確是體能大考驗，隊友們疲累得很。深秋時節，入夜後，氣溫驟降，擠進山莊蒙古包形狀的屋子裡。

　　因為登記住宿的山友超量，三幾十個人擠在一張圓形的總舖上。不分男女，腳尖朝內，頭朝外，分到的面積只能側睡，不能平躺。

　　與我鄰床的同仁郭君，一直無法入睡，後來他說頭痛得厲害，向我求助。我的直覺就是他患了高山症，平時少有登山經驗，體力不繼。服用止痛劑，或可緩解頭痛症狀。

　　我輕聲告訴他：

　　「我去找止痛藥。」

　　我從睡袋裡掙扎著，打算起床。暗夜裡有位小姐說：

　　「我有普拿騰，吃一顆吧！或許有效。」

　　當時對普拿騰藥名很陌生，藥效也不清楚，身處荒野的高山上，欠缺急救藥品情況下，別無選擇。

　　接過陌生小姐的藥品，我起身倒一杯水讓郭君服下，過了幾十分鐘，他說頭痛好多了，兩個人才能安然入夢。

　　素昧平生的山友，在我們遭逢急難時，立即伸出援手，及時救援，送一顆藥片，鎮服頭痛之苦，溫馨關懷的情誼，令人感念一輩子。

　　第二天凌晨兩點多，各隊分別出發，趕往大霸尖山觀賞日出。我們起床時，善心小姐的隊伍早已出發了，來不及向她道謝。

　　郭君體能恢復很快，頭也不痛了；然而擔心耽誤隊友登大霸尖山的行程，兩位同仁陪他，登上九九山莊附近的幾座小山，取代大霸之行。

　　事隔多年，我也從教職退休，體能已不宜登高山，偶爾想起九九山莊山友贈送一顆藥片，救助好友的往事，溫馨滿懷。

驚險場面

　　新莊署立台北醫院前的思源路是條六線道的大馬路，往來車輛很多，昨天我越過慢車道時，對面號誌燈顯示 24 秒，以我的腳程走到對面沒有問題；然而超越一位右手拄著拐杖，左手提著一大包藥袋，行動遲緩的長者，就在我左側，毫不猶豫的伸出左手扶住他的臂膀，協助他在亮紅燈前跨越大馬路快速通過。

　　老先生賣力的配合我的扶助盡力跨大步伐，就在過快車道斑馬線時，紅燈已經亮起來。

　　我一面拉著他，舉起右手示意請慢車道的車子停下來，顯然駕駛朋友看到一位行動不便的老先生，正在過馬路，車子都沒起動，也沒人猛按喇叭催促。

　　汽車旁的機車駕駛朋友，根本看不到眼前情景，視線被汽車擋住。兩部機車，加足油門衝過來。

　　其中一部撞到老先生拐杖，幸虧及時剎車減速，車子停在我面前，年輕的騎士一臉驚恐，我則嚇出一身冷汗，幸虧雙方平安無事。

　　混亂車陣中，扶他走到人行道上的公車候車亭，他憤憤不平的說：

　　「騎機車亂闖，差點把我撞倒。」

　　問他怎麼沒找家人陪他來看病？

　　「孩子都在上班，時機不好，不敢請假。」

　　這時他要搭的公車來了，看他步履蹣跚的上了公車。

　　公車開走了，我緊張的情緒猶未平息：剛剛發生的驚險場面，萬一造成意外傷害，後果不堪設想。

親近自然

親近巍峨壯麗的山峰，投入大自然的懷抱，令人心情愉悅開朗，歡樂自在。

榕樹兄弟的
「大山」養老計畫

台南縣大山國小校園裡僅存的兩棵大榕樹，兩年前突然枯萎，校長立刻召開緊急會議，決心讓它們起死回生……

台南縣麻豆鎮大山國小的校園裡，共有四棵老樹——三棵榕樹、一棵樟樹。

其中一棵種在大門口，八十三年一月七日發表於寶島版的「築花校長與老榕樹」，便是日據時代築花校長種榕樹的往事。

位於校園後面，鄰近操場旁邊，往昔是教職員宿舍區，木造的房舍因年久失修、又無人居住，已經拆除；但兩棵老榕樹仍被保留，根據推算大約有七十年樹齡，算是校園裡最年長的大樹之二。

民國八十二年九月，學校剛開學不久，兩棵老榕樹突然枯萎，綠葉逐漸枯黃、掉落，沒幾天，只剩下乾枯的樹枝。

校長郭新源覺得事態嚴重，趕緊召集對園藝感興趣的老師，召開緊急會議，研討挽救榕樹生命的措施。但由於從來沒有這種經驗，與麻豆鎮農會熟識的老師，便向農會人員請求協助。

農會提供噴灑農藥、根部施放藥物，雙管齊下，期待挽救老樹。

　　郭校長認為老樹枯死責任重大，起碼得負道義的責任——照顧維護不週，心理壓力很大。

　　過了一個半月，兩棵老榕樹的枯枝上，冒出令人驚喜的嫩綠新葉，郭校長雖心理壓力解除，卻開始構思：該如何保護這些老樹？他認為校園裡的建築物因年代久遠，一定會被拆除改建，除非列為古蹟，受到保護；但老樹只要能生生不息，不太可能從校園裡消失。

　　於是，他和幾位主任協商出一套辦法：立刻建立樹籍資料。將樹齡超過五十年以上的老樹拍攝照片、調查樹齡，並記錄手植者姓名、學名、樹科簡介等。

　　五月初，我南下探討大山國小時，郭校長親自帶我至現場參觀。老榕樹生氣蓬勃，看不出曾經大病過一場，綠蔭覆蓋了六十平方公尺左右的地面。

　　我向郭校長承諾：回到台北，請學術研究單位協助，尋求保護榕樹的對策。台灣省林業試驗所的范義彬，就是因此在八十四年元月份，應台南縣政府農業局邀請，到佳里鎮佳興國小（與大山國小毗鄰）、七股國小、後壁鄉大眾廟，觀察榕樹病蟲害情況。

　　范義彬觀察結果，台南縣境內的榕樹病蟲害是根腐病、天牛等所害，使樹幹根部韌皮部受害，引起枯萎現象。

　　根腐病的原因是根部著附部分排水不良、泥土黏性太強，致根部組織腐爛。而「天牛」造成的蟲害，啃齧樹根韌皮部，破壞輸送水分幹線、樹木容易枯死。范義彬都提供因應對策。

　　一般人都認為樹木根本不需要照料，讓它自生自滅。范義彬卻說，榕樹還是要施肥，否則依然會營養不良。他建議大家施以尿素（氮肥）或有機肥料（雞糞）等，可使榕樹長得更加茂盛。

　　　　　　　　　　（登載於 1995.7.31 中國時報寶島版）

山林的呼喚

　　除非下大雨，星期日陪妻上觀音山是唯一的休閒，山林到底有何魅力，召喚我們上山？

　　經過民家一小塊菜園，一位中年農夫辛勤的耕耘他的園地。隨著季節的更替、種植不同的蔬菜，展現不同的風貌。

　　為了防止鳥害，他很有創意的製作「草人」，驅趕鳥類。今年他為草人披上一件色澤艷麗的大紅外套，頭戴斗笠，手裡抓住一把竹竿，布條隨風飄揚。

　　今年「草人」的造型就有點抽象：從公墓撿來一個花籃的鐵架、披上黑色西裝、頭戴塑膠花籃，就像風度翩翩的紳士，不知道鳥兒怕他否？

　　沿途觀賞野生植物生態，入秋之後，生命力堅韌的芒花綻放，在秋風裡飄搖，彎下腰迎迓登山的朋友。

　　隨時都能帶給我們意外的驚喜：妻發現一棵植物上，結滿了鮮紅圓渾的小果實。

　　「這不就是『狀元紅』嗎？」

　　仔細觀察，並非觀賞用的植物狀元紅，卻能在貧瘠的土地上，展現美麗的果實。

　　高大的「山黃麻」、「楠樹」、「江某」等樹木，遮蔽炙熱陽光，減少日曬之苦。

　　深秋時節，蝴蝶依然活躍，彩色斑爛的蝴蝶，在山區飛舞嬉戲，在寒冬來臨之前，在溫煦的陽光下，展演一齣今年

最後生動歡暢的舞劇。

　　鳥類是山林裡天生的歌唱家，牠們藏身於林蔭深處，不輕易露臉，或許對我們這群登山的遊客，存著高度的戒心，防範受到侵擾。

　　嘹亮、高亢、激越的歌聲，是大自然裡最美妙的天籟。路過小徑，隨時傳出歌聲，走來一點也不寂寞。

　　到了停機坪附近，固定到一處山友闢建的休憩處，坡地上種植了鳳仙花及各種花草，將坡地裝扮得生氣勃勃的。

　　這裡視野開闊，山腳下的景物，清楚的展現眼前，碧綠的海洋，偶有一艘、兩艘的輪船緩緩駛過，揚起白色的浪花。

　　新建完成的港口堤岸上，黑鴉鴉的坐著一排釣客，依稀可辨，魚兒一定「大咬」吧！才會吸引那麼多釣客來垂釣，釣魚也是渡假最好的休閒。

　　在山上吃過簡餐、喝杯茶，帶一份報紙、一本書，在寧謐的山上就可以消遣一下午，享受假日的悠閒自在。

　　　　　　　　　　（登載於 1998.3.12 新生報副刊）

擎天崗草原下雪了！

　　七夕的第二天（八月十八日）清晨八點鐘，筆者偕妻前往擎天崗，進入男生廁所時，水槽裡丟滿煙蒂、塑膠袋、飲料空瓶子；更離譜的是排水孔阻塞，形成廁所不通。

　　距離廁所約十公尺地方，就有三部子母垃圾車，遊客朋友卻不願多走幾步路。

　　停車場內也到處是垃圾，還有一些蠟燭火炬滴漏的痕跡，與平時潔淨狀況全然不同。

　　走到草原，青翠的草原上，也撒滿了紙屑、塑膠袋、白色寶特瓶。

　　昨晚七夕情人夜，來自各地的情侶席地而坐，仰望空際，尋覓傳說中牛郎、織女一年一度見面的星座，浪漫的傳說，營造中國情人節。

　　柔軟的草原上，微風軟柔的吹拂，星光熠熠，蟲聲唧唧的天籟，今夕是何夕？

　　台北近郊有這麼一處大自然的景觀，讓都會朋友到這裡觀星、談心、說愛，怎麼忘了將垃圾帶下山？

　　十點多鐘，我進入遊客中心，櫃檯的義工媽媽說：

　　「昨晚七夕情人節，擎天崗下雪了，草原上白茫茫的。」

　　她形容垃圾污染草原的反諷心情，我們同胞什麼時候方能愛惜我們喜歡的環境。

　　清潔的朋友，到垃圾子母車上踩壓垃圾。他無奈地說：「我

們的兩個工作同仁，要花兩天時間，方能清理完畢，遊客隨手丟垃圾，增加我們更多的工作量。」

遊客朋友，如果每個人都能將自己造成的垃圾帶下山，還國家公園潔淨的景觀，人人都能過真正優質的生活，不要讓國民道德提升流於空談。

（登載於 1999.9.27 中國時報浮世繪版）

蓮生稻田，美麗的錯誤

七月上旬到桃園縣觀音鄉上大村賞蓮花。因為是假日，來自各地的遊客很多，就在幾處蓮花田觀賞盛開的花朵。為平靜農村帶來熱鬧氣氛。

筆者背著相機，挑選花朵不同的丰姿，猛按快門，循著田畦專注尋找奇特的花朵入鏡。

走到一畦荷花田，隔鄰一區田卻種稻子，稻穗豐實的低下頭來，閃爍著耀眼的金黃。

稻田裡長出蓮花、奇妙的景觀讓我停下腳步，對準鏡頭焦距、按下快門，留下難得一見的景致。

農夫播種蓮花時，一棵種籽誤丟進隔鄰的稻田裡。萌芽之後，和稻子一起成長、茁壯。

稻子結成果實，稻田的水也停掉了；但蓮花並沒忘記一年一度絢爛花期，在旱地裡依然吸收有限的水分，拼命擠出一朵花來。

她的勇敢、毅力，不只是出汙泥而不染的高潔而已。

（登載於 1999.11.30 聯合報鄉情版）

心 靈 樹

每天清晨，都會到居家附近的一所學校散步。欣賞校園因四季變化不同的景致。

春天盛開的杜鵑，將校園裝點得璨麗繽紛。光禿禿的烏臼，屹立校園一隅，孤零零的，不與榕樹、白千層、龍柏、樟樹爭鋒頭。她是校園裡唯一的落葉樹。

杜鵑凋萎時，烏臼乾瘦的枝椏迸出柔嫩的新綠，在初夏的陽光照耀下，透出明亮的光澤。

盛夏她穿著一身翠綠的新裝，婀娜多姿。南風吹拂時，黃綠小花開滿枝頭，花期長達五月，於茂密的樹葉裡若隱若現。

立秋後，圓形蒴果成熟，引來麻雀、白頭翁等鳥群來聚餐，吱吱喳喳的享用豐美的早餐。

果實啄食殆盡，菱形卵狀的綠葉，逐漸變成紅色。雖然沒有楓紅的聲勢，轉化過程引人注目。幾陣蕭瑟秋風拂過，紅葉飄零，又到了年終歲末，三百六十五個日子，就這樣悄然流逝。

每年春節前後，烏臼樹上的葉片全部掉得精光。只剩下乾枯的枝椏，於凜冽的寒風中顫慄。她絕對配合節令更迭，遵守大自然的法則，生生不息。

她是我心靈深處的一棵樹。每天見面時，默默向她傾訴：遭逢的不滿、委屈、挫折、哀愁。心情很平靜下來。寬心的度過每一天。

（登載於 2000.2.26 中國時報浮世繪版）

松果的愉悅

　　當初興建大醫院時，在湖濱的空地上，栽種好幾百棵松樹。現在松樹林，偶爾到林下散步、沈思，讓煩躁的心緒沈澱。那天陪妻去湖濱的松樹林散步，小徑跌落一層厚實的松針，行走其間，彷彿踩在柔軟的地毯，無比的舒暢。

　　妻在林子裡子撿到一枚松果，拿在手裡把玩一會兒，興奮的告訴我：

　　「我們多撿一點松果回家當擺飾。」一面散步，一面撿松果，時光彷彿回到童年，我們心情愉悅的玩起遊戲。

　　等太陽下山，我口袋裡裝得滿滿的松果。回到家裡，掏出褐色果實，放在餐桌上。她端出玻璃水果盤，擺進去。她說：

　　「今晚我們來一盤松果大餐好了。」

　　她端出華麗花瓶，瓶子裡插著一束淡雅的假花。將三個黃澄澄木瓜，加上一個鮮紅的火龍果，放在籐製的籃子裡，當松果盤的背景。烘托出松果自然質樸之美。

　　過幾天，把松果端到書桌上，讀書、寫稿疲累時，看看那一盤永不凋萎的松果，提振精神。簡樸日子裡，依然可以尋覓愉悅的生活情趣。

　　　　　　　　　　（登載於 2000.4.16 聯合報家庭版）

森林裡的小精靈

黃昏來臨時，我們趕到森林遊樂區。大家集合在遊客中心前面，么弟文慶來過多次，充當我們嚮導，帶領我們走入暗夜裡的森林。緩緩踩著腳步，深入森林裡，唯恐驚擾她們平靜逍遙的日子。

螢火蟲點燃生命的光暈，於步道兩旁飛舞閃爍，迎迓來自都會區的朋友。

生動的場景激發童年記憶：夏天農村的田野間，螢火蟲到處都可見。村童們唱起童謠：

「姑仔姑仔來，一分錢給你買鳳梨。姑仔姑仔去，一分錢給你買竹棘。」

「姑仔」就是火金姑的簡稱。歌聲嘹亮，響徹田野的夜空。我們與火金姑一樣無憂無慮。

長大成人後，使用農藥大量，螢火蟲消失了。農村夏天夜晚，不再璀璨亮麗。觀光遊樂區護育成功，螢火蟲成為觀光景點之一，用來招徠遊客。

與我們同行的幾位年輕少女，不時發出驚喜的叫喚，螢火蟲停在她的髮稍，親密的接觸，驚恐不已。

她們持著手電筒照射路面，避開春末夏初，結束冬眠的蛇類出沒。遊賞螢火蟲過程，危機重重，提心吊膽。

越深入林道，螢火蟲數量越多，深邃黑暗的夜空裡格外明亮燦爛，她們盡情飛舞，忘了疲憊。

　　我們為了重溫仲夏夜童年的夢境，錯過晚餐時間，森林裡可愛的小精靈，豐盈生態之旅，竟然忘卻飢餓。

　　　　　　　（登載於 2000.6.12 中國時報浮世繪版）

把風景留給大家，
垃圾留給自己

某日清晨，將車停在陽明山夢幻湖停車場，場邊建造一座大型木造涼亭，站在亭內可以眺望周遭的山巒，翠綠的擎天崗草原，風景秀麗。但煞風景的是涼亭周圍的草地上，丟棄許多塑膠袋、飲料罐、紙屑、果皮，髒亂不堪，與往昔潔淨截然不同。

原來是公園管理處為了配合台北市政府自七月一日起實施「垃圾費隨袋徵收」的政策，唯恐民眾將垃圾帶到山上倒，所以將原有的垃圾子母車搬走。

園區內各處服務站保留垃圾桶，但僅可以丟小型垃圾，各停車場的垃圾桶全部撤走。這種改變，應該趕緊宣導，勸阻遊客不要任意丟垃圾。

宣導是消極應變措施。最重要的是遊客們共同省思：

國家公園是屬於全體國民所共有，我們享用這些公共空間時，如能視同自己生活空間的延伸，如同自己家園，珍愛唯恐不及，還能任意製造髒亂嗎？

別為了一時之便，丟棄垃圾，產生諸多後遺症。奢談「公德心」，不如舉手之勞做環保，多積一點「功德」吧！

（登載於 2000.8.12 中國時報家庭版）

到山上吹冷氣

電費要漲價了，假日窩在家裡吹冷氣，必須付出更高代價。到山上走走，非但省錢也有益健康。如果全家大小一起出遊，還可以增進感情。

推薦兩處清涼小天地。將車子開到冷水坑附近有一處夢幻湖停車場，走到夢幻湖只有五百公尺；但要經過一段陡坡。夢幻湖海拔八百六十公尺，樹木多、清涼無比，可以在觀景台小憩。如果想多停留一會兒，到七星公園去，經教育電台發射台走到公園。找一處綠蔭處，設有石桌、石椅。涼風習習，這種「自然風」，比吹冷氣舒服多了。

另一處就是走陽金公路到「小觀音站」前一條產業道路叫「巴拉卡」公路，左轉到二子坪停車場，停好車，走二子坪步道，就是「蝴蝶花廊」，路長二公里，坡度平緩，沿途生態豐富。走到盡頭，過人工湖泊區，林蔭深處設有木桌、木椅，可以喝茶、野餐。即使在盛夏，這裡依然涼爽宜人。

台北近郊兩處森林遊樂區，烏來的「內洞」及三峽「滿月圓」，由林務局開發管理。

內洞森林遊樂區海拔較高，又有溪谷、瀑布、森林、溪水潺潺、林木蒼翠、鳥鳴啾啾。豐富的芬多精、陰離子，有益健康，又可避暑，順道遊烏來再回家去。

如果你有兩天假期，新竹的觀霧，住一個晚上，遊遍多處景點。這裡終年雲霧繚繞，夏天氣溫約攝氏二十度左右，

涼快極了。遍植林木，空氣格外鮮潔。林道路面狹窄，但路
況不錯。不想自己開車，就參加旅行團，食宿由旅行社安排。
　　宜蘭太平山也是避暑勝地。就快放暑假了。家人可以討
論一處想去的山區，出去走走，度一個愉悅的假日。

（登載於 2000.6.24 中國時報家庭版）

找到一堆廢土

　　七里香花牆流失一部分泥土，使兩棵樹塌陷深達十五公分。原本高度平整的花牆很不雅觀。

　　妻多次要我改善，如果請水泥匠來修補花牆底部，因為工程太小，實在不好意思開口。妻向社區一戶鄰居要來一桶細砂，碎石，幾根鋼筋，一小包水泥。DIY 自行修補花牆。

　　妻當我助手，花兩個多鐘頭，完成修補大工程。將兩棵帶有「土柱」的七里香種回原處。

　　花牆流失的泥土，使部分根部裸露出來。如果不立即回填泥土，七里香恐怕不能存活。

　　在社區裡找一堆泥土，應該輕而易舉吧！但找了幾個地方，就是找不到。空地全部舖設水泥地面。想找一堆泥土，還真不容易。

　　每天清晨前往散步的學校正在建造教室，或許可以找到泥土吧！今天早上出門時，特別帶了工具放在車上。車子開到後山的工地，發現一堆廢土，堆放在路旁的斜坡上。看到這堆廢土，興奮極了。不必經所有人同意，就可以任意挖掘，帶回家去。

　　熟識的朋友路過，問我挖廢土做什麼？坦然回答他種樹。工程廢棄泥土，解除偷偷摸摸行徑的顧慮。

　　因為是廢棄泥土，裡頭摻雜水泥塊，碎磚頭，小石頭。將這些雜物一一撿出來，堆放在花牆裡頭。

　　鞏固兩株七里香根部，澆灌充足水份，因為挖掘暫時離開泥土，蒼翠的葉子顯得有點憔悴。

　　修補花牆的過程，感悟專業分工的道理。更領悟了「大地乃萬物之母」，滋養地球上的生物。繁衍，滋長，生生不息。我們更應深思：如何疼惜賴以生存的大地。

（登載於 2000.10.18 中華日報副刊）

散步　看晚霞　好自在

　　秋日黃昏，在農村小路，宜散步、談心，讓思慮平靜下來。我和妻偏愛從頂福村的頂福巖顯應祖師廟，走到周厝附近山谷。沿著步道，右側就是農田，隨季節更替，種植不同農作物。呈現不同風貌。左側依傍終年常綠的山巒，山腳下一條沒有遭到污染的小溪，潺潺流淌過谷底的原野。清澈、潔淨的溪水孕育成群的魚蝦。

　　「野薑花開了！」妻興奮的叫起來。

　　白淨的花朵散發出淡雅的花香。主動脫下鞋襪，涉過溪水，折斷兩把野薑花。送給妻。她微笑接受。不停的嗅著花香，盡情沈浸於秋日裡的浪漫。

　　朋友在他們一大片僻靜山林裡，建造一座小木屋。那裏是散步終點，也是觀賞夕陽絕佳景點。觀賞瑰麗雲霞烘托殷紅夕陽下山。

　　回程遇到一位熟識的農友。他正在除草。園子裡頭的好幾種蔬菜，長得蒼翠茂盛。我們讚美他種菜的技術屬一流的。他開心的呵呵大笑起來，我們也在向晚的農村裡，分享農友的喜悅。

　　清淡過日子，也可以過得很有味道。

（登載於 90.1.10 中國時報家庭版、
講義雜誌 2001.4 月號轉載，更題為閒情）

生命的輪動

　　十幾年前鄰居遷入新宅時，大門口以不鏽鋼搭建花架，種植兩種藤本植物：爆仗花與蒜香藤。前者種在院子裡，後者種在花牆的泥土裡，區隔養分的吸收。

　　這兩種植物原產地來自中南美洲，同屬紫葳花科，飄洋過海來到台灣，落地生根，適應良好，繁衍生長於各地，欣欣向榮。

　　十幾年來，這對姊妹花存活於花架上，相安無事，盡情演出每一季的絢麗，輪流開花。

　　春節前後，爆仗花開，鮮麗桔紅色，狀似小喇叭，成串倒掛在大門口，如一串串的鞭炮，迎接新歲的來臨，瀰漫著節慶洋洋的喜氣。

　　爆仗花的花期長達一個多月，年味漸漸淡了，花朵紛紛掉落，經陽光照射，地上撒了大堆沒有充氣的長形氣球。花期宣告結束。

　　蒜香藤的花與葉子，可以嗅出淡淡的大蒜味道。如果不相信，只要以手指頭揉揉花、葉，嗅一嗅味道，就能嗅出大蒜味來。

　　蒜香藤每年開兩次花，每年四月及十一月左右各開一次花。

　　蒜香藤花開時，強勢竄出濃綠的葉子，改變花廊的色彩，討人喜愛的紫紅，展現嫵媚的花容。

她們隨季節的變化，循自然法則，花開花落，從來沒有延誤過。

她們存活於同一空間，少了競爭，多了包容、謙讓、錯開花期，顯露各自的美麗。

她們是彬彬君子，為我們定期展演絢爛景致，更隨時惕勵：時光飛逝，宜善加珍惜。

（登載於 2001.4.1 中國時報浮世繪版）

讓花香澆熄煩躁

　　四月初南返麻豆掃墓，第二天（星期天）下午回程，碰到高速公路大塞車，從彰化開到林口，足足開了六個鐘頭。

　　五月五日清晨六時，兒子駕車載我南下，雖是周休二日的頭一天，南下車輛不多，交通無比順暢。車速維持在時速一百公里左右。

　　進入苗栗縣境，公路兩旁翠綠山巒，潔白油桐花盛開，彷彿下了一場小雪一般，停留於樹頂。視覺上的雪景，驅散初夏悶熱的天氣，心境也變得舒暢無比。

　　油桐花清麗的姿容，引人注目之外，黃澄澄的相思花，繁盛綻放，似乎有意與油桐一別苗頭。盛開的相思花，將整株綠葉全部掩蓋，像在整棵樹上撒遍一層金粉。

　　「現在高速公路靠近相思林地段一定瀰漫著淡淡的花香。」

　　我告訴專心駕駛的兒子。他卻問我：

　　「爸！你怎麼知道？」

　　「相思樹開花時，散放出淡雅的香氣，最近清晨在校園裡散步，幾棵相思樹盛開，改變校園氣息，十分迷人。」

　　微風吹拂過樹梢，白、黃交錯的浪花，於婆娑海洋中起伏，美妙的景致盡情瀏覽、觀賞。忘卻置身於南來北往，緊張匆忙的車陣裡。

　　車子過火炎山，美麗的景物從視野裡消失。

　　朋友！生活放輕鬆，轉變心境，放鬆緊繃的情緒。當你開車時，找機會欣賞沿途景觀，使焦躁，煩悶的情緒紓緩下來，平安順利開車，到達目的地。

　　　　　　　　　　（登載於 2001.5.25 中國時報家庭版）

走入公園步道森呼吸

臺北市近郊中最適合全家老少漫步，健行，四季展現不同風情，生態豐富，景緻優美，氣氛寧靜的步道就是陽明山公園內，鄰近大屯自然公園的二子坪步道。

步道長一點七公里，寬約四公尺，禁止所有車輛進入，空氣格外純淨鮮潔，闊葉樹散發的芬多精注入甘醇靈氣，沈浸其間，使人神清氣爽，寵辱忘得乾淨。路面平緩，由碎石子，磚頭鋪成。漫步其間，還有腳底按摩的健身功能。

步道兩側原生樹種以紅楠、島槐、牛乳榕等族群最多。構築一條遮蔽、透光適中寬敞舒爽的步道。邊坡最強勢的水鴨腳秋海棠，翠綠的葉片，呈不規則的圖形，佔據整個山坡。夏天粉紅色小花盛開，將素淨的山野裝點得嫵媚動人。

每年六月步道成為蝴蝶的舞台，她們熱情演出，覓食，求偶，為延續生命，搏命演出最精采的節目。

鳥類啼鳴隨季節更替上演不同的曲目，不管你喜愛與否，她們依然盡情高歌，隱匿於茂密林蔭深處，不輕易現身。以輕脆或渾厚歌聲，伴隨林野間的遊客。

終點站以前中興農場已經拆除，興建為多元的遊憩區。冬夜可以臨場欣賞台北樹蛙的演唱會，免費入場。

往來二子坪步道的朋友，面目和善，態度從容，悠閒。錯身而過，彼此問候，道早安。彷彿到了文化水平很高的國度。充滿優雅，寧靜的氣氛。營造出人與人之間和諧、祥和、

彼此關懷的情誼。與水泥叢林中都會區的朋友，行色匆匆，表情冷漠、競爭的壓力沈重，情緒焦躁而不安的情況截然不同。您要是想紓解壓力，帶領家人或好友，親自走一趟，體驗台北近郊居然有這麼完善的步道。

　　註：二子坪步道從陽金公路上「小觀音」站附近左轉巴拉卡（101甲）公路達停車場，開始步行。

（登載於 2001.5.26 中國時報家庭版）

刺葉王蘭

　　鄰居庭院裡栽種一株刺葉王蘭，種植十多年，分別長出三支分叉。枝幹十公分左右，十分粗壯。因此原本為常綠多年生的草本植物，高達兩公尺以上，常被歸類為「庭園樹」。

　　每年中秋節前後，三支分叉都會分別都會竄出一串乳白色花朵，六個花瓣，形成三公分長度花苞，保護六個小花蕊。刺葉王蘭開花時節，搶盡小園冷寂的丰采，頂著淡雅素淨的花柱，在秋風裡搖曳。

　　三支分叉彷彿事先約定：分別先後開花似的，第一叉開花在十月中旬遇颱風來襲，一夜風雨飄搖，吹落大半小花，無聲無息躺在路面。還來不及結果，意外遭逢無情風雨的蹂躪，很快凋零。第二叉不久冒出一串白淨花朵。初冬時第三叉延續花期，刺葉王蘭挺立於凜冽寒風裡，花期結束，時序進入寒冬。

　　刺葉王蘭的葉子酷似鳳梨葉子；但它的原產地來自北美洲。喜愛充足日光的照射，還有抗旱性很強，更能忍耐貧瘠的土地，生存環境惡劣情況下，都能存活下來。

　　鄰居院子裡的棘葉王蘭雖然沒有得到特別的眷顧，卻蓬勃存活，也從未忘卻一年一度的花期，展示美麗的丰采。

（登載於 2001.12.27 中國時報浮世繪版）

為了泡湯，我們開始爬山

妻酷愛泡湯，不喜歡登山健行，為了激勵她多運動，我和她約定：「泡湯之前，我們先登山或健行。」

通常一星期中我們去泡一次溫泉，選擇非假日的星期二到星期五，避開星期假日的人潮。台北市郊溫泉最多的陽明山國家公園、北投地區的新舊溫泉，我們幾乎都光顧過。

為了泡湯，三年來我們也走遍了陽明山區的著名步道：二子坪的蝴蝶花廊、擎天崗、魚路古道、夢幻湖、七星公園、紗帽山、大屯山等處。連妻一直視為畏途的陽明山區最高峰七星山主峰，去年夏天她也創下登山的「最高」紀錄。

除了登山泡湯外，我們假日運動多選擇爬家附近的觀音山。爬山時，我背一瓶熱水、兩只肉粽或兩個包子到山上，與妻找一處僻靜角落，吃一份簡樸午餐、喝喝茶、看看報，等衣服的汗水乾了再下山，身心都獲得了充分的休息。

每天我通常都在校園裡最少走五千步，約五十分鐘，妻忙於家務，很少參加。但最近為了陪孩子，她也加入散步行列。以計步器計算，每天最少走了兩千步，不但享受天倫之樂，也達到運動的目的。

鼓勵另一半做運動，有了健康的身體，夫妻才能「白首」偕老啊。

（登載於 2001.11.13 中國時報家庭版）

在春天種果樹

早晨，在市場旁邊，見一群人圍住一輛中型卡車。我走過去一探究竟：原來是一個中年人在販賣瓜、果、菜苗，生意很好。

卡車上擺滿小盆栽：各種瓜類，茄子，紅蘿蔔，平時少見的秋葵都有。老板農業知識豐富，回答顧客提出的各項問題，不厭其煩一一解說，技術指導。我選購兩棵木瓜苗。老板說：

「紅肉新品種，味道香甜。」

帶回果苗，在小院子裡的空地上整地。以鐵鍬挖兩個洞，搗碎泥土，把果苗栽種到地上，壓緊根部泥土，澆水，完成種果樹的工作。妻問我：

「院子已經種了好多種花、樹，為什麼又想種木瓜？」

「我早就想種了，過去就沒看過有人賣樹苗。」

好多次將吃過的木瓜種子撒在院子裡的空地上，盼望長出果苗；但一直沒有動靜。今天意外發現有人賣果樹苗，當然欣喜不已。

春天來臨時，愉悅心情種植兩株木瓜樹，我將勤奮的澆水、除草、施肥，細心照料。期盼她們茁壯、開花、果實纍纍。

（登載於 2002.3.30 國語日報家庭版）

淨山的志工

　　黃昏從硬漢嶺下山，走到凌雲寺前的停車場，靠在護欄上休息。一個穿著運動服的中年男人，左手拎一個大型垃圾袋，右手持鐵夾，將場內的垃圾一一夾起，放進垃圾袋裡。

　　一個年輕人誤以為中年男人是撿破爛的，隨手扔掉喝完的鋁罐空瓶，大聲吆喝：「罐子給你。」語氣傲慢。中年男人看他一眼，彷彿要教訓他幾句，卻沒說出口。空罐子滾下斜坡，中年男人走下斜坡，撿起罐子，順便將附近的垃圾夾起來，放進大袋子裡。

　　目睹中年男人耐心忍受年輕人凌人的傲慢，妻問我：「他是受雇用的清潔工嗎？」

　　我說：「他絕對不可能是清潔工，因為他的舉止斯文，儀表端莊。」

　　只見他拎著大垃圾袋，從斜坡走上來。袋裡裝滿沉甸甸的垃圾，汗水溼透他的衣衫。

　　暮色蒼茫中，遊客們一一開車回家。他拎著大袋子，走到一部高級進口轎車後面，打開行李箱，將垃圾袋放進去。接著打開車門，發動引擎，車子開上陡坡，疾駛離去。

　　他或許是成功的企業家，假日來登山，順便做淨山的義工。

　　　　　　　　　　（登載於 2002.5.8 國語日報家庭版）

台灣學校愛美運動
森林小屋的感恩大會－
湖山國小以自然為師

　　北投的湖山國小，是台北市田園小學之一，民國八十年八月開為自由學區。位湖底路，依傍紗帽山下。從操場仰望紗帽山，呈規則的等腰三角形，隨著時序更替，日出方位也跟著變化。春分與秋分，清晨八點左右，天晴時，太陽剛好爬到山頂，跟著全校師生參加升旗典禮。

　　湖山國小自然教學資源豐沛，海拔大約二百五十公尺，植物種類達數十種，林木以闊葉樹居多，校園裡蒼翠濃綠，令人賞心悅目。一排高挺的檳榔，英姿煥發，守住操場。茂盛的林木，吸引有十幾種鳥類棲息，除常見的麻雀、白頭翁之外，烏秋、八歌、牛背鷺、小白鷺、黃頭鷺、珍奇的五色鳥，藍鵲，大卷尾等。西南氣流吹襲時，校園上空往往出現大冠鷲盤旋於空際，氣勢不凡。松鼠乃校園常客，果實成熟時，於林木之間奔騰跳躍，毫無忌憚。蛙類則是校園的歌者，興起時，咯咯！咯咯！的歌聲替寧靜校園注入活躍的天籟。昆蟲種類達百種以上，以蝶類最多，春天來時，滿山紅紅遍校園，蝴蝶翩翩飛舞花叢間，燦爛身影，增添校園絢麗鮮活的色澤。

　　樹屋是一座木造建築，小朋友爬上繩梯，在茂密相思林

裡構成隱密小天地，從小窗戶口暗中觀察鳥類活動，乃生態教學最理想的情境。九十一年的畢業典禮，校方將將樹屋佈置為舞臺，夏夜藍天裡熠熠的星光下，見證畢業小朋友在湖山國小，度過六年快樂的歲月。淡淡別離的哀傷氣氛裡，畢業小朋友感謝師長們的教誨，離開母校時刻意營造感動的浪漫。

湖山國小雖然是小學校，卻擁有一間標本收集豐富的自然教室。礦石與蛇類最多。，為了讓小朋友認識常在校園裡出沒的蛇類，已退休的王春洋老師，採集製作許多標本。擔任自然科教學的陳立偉老師說，標本裡頭的蛇類標本，紗帽山附近山區有的已經絕跡，格外珍貴。

湖山國小教學採小班制，人數不超過二十四人。利用湖底盆地社區資源列入課程統整教學的範圍，戶外空間變成大教室。由各具不同專長的老師擔任不同的課程。家長也熱誠支援教學，每天清晨導師時間，請家長依據自已專長上各種課程，讓師生一起成長。因此學校與社區緊密結合，家長與老師情感也格外融洽和諧。

遼闊、開放、寧靜、綠意盎然的校園裡，131 位小天使在師長們細心呵護下健康成長，快樂學習。龔校長告訴筆者：全校老師幾乎都可以叫得出二年級以上每位小朋友的名字來。

校際交流活動湖山國小，得到教育局經費的支援，辦得有聲有色。自民國 88 年起到台東卑南體驗原住民文化，89年到馬祖體驗戰地文化，90 年到澎湖體驗海洋文化，今年剛

舉辦過高雄美濃的客家文化。五六年級小朋友及家長參加的非常踴躍，成果豐碩。

每年年終，學校舉辦一次傳統盛事，設計周密的感恩大會。節目由小朋友個人或班級表演各項才藝。以朗誦詩歌，說故事，舞蹈，歌唱等方式來表達這一年當中曾經幫助過自己的人，致最誠摯的謝意。家長再忙碌也會撥空參加，驗收子女們學習成果，分享他們成長的喜悅。

湖山國小在龔淑芬校長帶領下，與全體教職員工共同營造和樂、安詳的大家庭。於得天獨厚的優雅環境，豐厚資源，家長熱誠支援下，建構國民教育的桃花源。

龔校長的教育理念之一：愛可愛的孩子，更要愛不可愛的孩子。

充分實踐有教無類的教育原則。

（登載於 2002.10.23 中國時報浮世繪版）

小園記事

一方小小庭院，栽植多種花木，隨著季節的更替，景致也有些變化。平淡日子裡，藉小園託閒情，培養一點逸致。

深情玫瑰

院子裡本來在花架前種了五株玫瑰，後來只存活一株，長得特別強壯，枝繁葉茂。一年開了好幾次花。綻放的花朵碩大，直徑達十公分，色澤酡紅，艷麗，深受妻的喜愛。

今年春天一口氣迸出十二朵花苞，妻興奮不已。因為過去從來沒開過這麼多的花。十二又是一個祥瑞的數目，怪不得她開心得很。　前幾天下了一場大雨，又颳起陣陣強風。玫瑰剛開一朵花，她擔心花朵經無情風雨的摧殘，恐怕保不住。

提議把即將開花的部分剪下來，用花瓶裝清水擺在餐桌上，每天都可以欣賞。

我欣然同意，她拿起花剪，剪下花枝。找出平時很少使用的玻璃花器，一張小桌子造型，中間擺一根像試管的小瓶子，用來裝水，據說是專插玫瑰花用的，剛好派上用場。

晶瑩剔透的花器擺在餐桌中間，六朵花先後輪流開放。用餐時，面對鮮的花朵，彷彿置身於西餐廳。餐桌上的菜都是一般家常菜，但有花陪伴，真的可以增加一點食慾。餐桌上幾朵款款深情的玫瑰，增添一點生活的情趣。

入秋以後她又開一次花，只開了三朵小花，不如春天開的十二朵，艷麗風華，令人難忘。

除草記

小園的雜草兩個月左右沒除了，妻叨念好幾次。今天早上她進行客餐廳拖地時，我悄悄到小園裡除草。

長得最茂盛的是羊齒、車前草。羊齒形成大聚落，十幾公分高，挺拔的莖上佈滿翠綠的葉子，生氣勃勃。如果再讓它長高，就可以充當插花用的花材，用力一一連根拔掉。再過了一陣子，埋在地裡的種子又會萌芽，冒出地面，生生不息的繁衍。

另一種強勢族群就是車前草。對這種草的記憶深刻，源自於日治時期，高年級小學生放學後，老師要求他們到田野間拔車前草。第二天早上上學時，帶到學校去，集中起來，交給軍方，提煉藥物，供軍人使用。不多久，日本天皇宣布無條件投降，學生們也就不必拔藥草了。

一面拔草，一面沈湎於一甲子前古老艱困的歲月裡。現在醫藥發達，少有人拔車前草來醫病了。

據一位山東老友告知：春天以香椿嫩綠涼拌豆腐，具有特殊的香味。也可以用來炒菜。

今年春天在小園裡種一株香椿，成長快速，十分茂盛。夏天我在園子裡拔草時，孫子也來湊熱鬧。

（登載於 2004.11.16 中華副刊）

復活的馬拉巴栗

院子裡擺一盆馬拉巴栗盆栽，日子久了，根部鑽出排水孔，深入泥土，吸入充足養分，枝幹壯大，枝葉繁茂。今年夏天，長到一個大人高度。翠綠碩大而茂密的葉子，展現蓬勃旺盛的生命力。

八月廿四日艾利颱風來襲，院子裡那一株馬拉巴栗攔腰吹倒了。下午風雨停了，整庭院時，扶正馬拉巴栗也無法挽救她的生命，因為枝幹幾全部斷裂，只好拿鋸子鋸斷，再鋸成小段，裝入垃圾袋裡丟棄。

剩下一個接近根部直徑十公分左右，五十公分長的樹頭，捨不得丟棄。妻問我：

「留下大樹頭有用嗎？」

「重新種在大盆子裡，或許可以救她一命。」

這棵樹擺在我家好多年了，就這樣丟棄，真有點不忍心。找出一個特大的塑膠盆，以泥土混合有機肥，裝滿盆子，挖一個大洞，把樹頭種下去。

種下去以後連續好幾天缺水，擔心樹根枯死，想辦法盡量澆灌適量水份，維持盆土的潮潤。

後來連續下了十天左右的雨，雨水豐沛，不必操心盆栽馬拉巴栗水份不足的問題。

三天前仔細撿視她是否仍有生命跡象，意外外現樹頭頂端，冒出一丁點的新綠，她奇蹟般的復活了。

　　趕緊找妻來觀賞那丁點的綠意，分享樹幹重生的喜悅。

　　讚頌植物奇妙求生的本能，只要有一線生機，絕不放棄。

　　慶幸一念之間，把樹頭留下來，挽救一棵樹的生命。

　　　　　　　　　　　　（登載於中國時報浮世繪版）

賞花當及時
錯過流蘇的青春

　　兩星期前一天清晨，到住處附近公園散步，意外發現五棵陌生的樹木，其中一棵花正盛開著。

　　停下腳步，仔細觀賞細緻，雪白而細長的花朵，如雪花片片飄上樹頂。溫熙陽光照射下，更是秀麗動人。

　　這種花就叫流蘇吧！但印象裡的流蘇是穗狀而往下垂的，以名稱來意會花的狀貌。每年春天，台大校園裡的杜鵑花令人注目之外，校園裡幾棵流蘇老樹更令人著迷；然而每年春天，總是錯過賞花時節。

　　第二天南下辦事，幾天後回家，接連下了幾天雨，忘了那棵開白花的樹木。昨晚上網時，意外發現流蘇圖檔資料，與印象裡公園裡開白花的樹很類似。下載列印一張，拿到現場比對。

　　今天清晨雨停了，我拿了圖檔，背著相機賞花去。

　　到達公園，大失所望，花期已經過了，只剩下幾朵零星的小花，一陣強風吹過，細長的白色花瓣紛紛飄落。從花瓣去辨認，她就是流蘇沒錯。春天還沒過哩！流蘇已飄零殆盡。

　　期盼流蘇風華再現，還得等上一年。深切體悟：美好事物是不會等人的，賞花亦是。

　　想做而該做的事情，立刻動手做吧！

（登載於 2004.4.20 聯合報繽紛版）

歲暮綻放的山茶花

庭院兩株山茶花，白色種在地面上，春節前後才開花。另一株種在花盆裡，元旦前開放鮮紅花朵，十分準時，從未延誤。

盆栽山茶花綻放時，直徑約八公分，明亮的大紅色澤，在濃綠的葉叢間花朵更加鮮豔醒目。

寒冬冷冽的院子裡，花樹的活動幾乎都靜寂下來，山茶花卻常在一夕之間，同時開放好幾朵花。清晨目睹競相綻放的盛況，當天情緒就特別振奮。可惜花期短暫，不到一星期，花瓣凋萎，飄落盆栽的周圍。驀然驚覺：又到了年終歲暮，三百六十五個日子悄然流逝。

家裡眾多盆栽特別鍾愛山茶花盆栽。十幾年前岳母搬離社區時，她親自照料的十幾盆盆栽，要我全部搬回我家，因數量太多，我家擺不下，只挑了一盆山茶花。按時更換花盆泥土，定時澆水，施肥。因此每年認真開花來回報我們辛勤的照料。

今年山茶花結了三十幾個花苞，綻放盛況可期。岳母往生多年，懷想她生前對我們疼惜呵護的恩澤。一定要好好照顧她老人家親手栽種的盆栽，生生不息。

（登載於 2004.12.20 中華副刊）

藍色的笑靨

　　庭院裡種一株十幾年的繡球花，開始那幾年，每年春天都會開花，狀如繡球，淺藍色花瓣，討人喜愛。

　　後來連續好幾年她不開花了，到底什麼原因不明。對這株不開花的繡球花，不去理會她；但每年卻都枝葉茂盛，高達五十公分，遮掩鄰近花卉的成長。每次整理庭院時，毫不留情砍除，保留一部份花莖。

　　隔一段時日，她從莖部又冒出葉子，恢復繁茂的枝葉，顯示旺盛堅忍的生命力。

　　前年春天在陽明山冷水坑往擎天岡的路上，一家廟宇前面，種了幾株繡球花，開得很茂盛，令人動容。冷靜檢討我家的不開花，冷落而不定期照料，她怎麼肯開花？

　　去年冬天，修剪繡球花的枝葉，清除根部雜草，施肥。過了寒冬，春天來臨時，繡球花換了一身翠綠的春裝，肥厚的葉子，努力孕育一朵小小的花苞，她終於帶來美好的訊息。

　　家人熱切期待裡，她展露藍色的笑靨，迎接春天。許多小花瓣縫成一粿藍色的繡球，每天多看她幾眼也不厭倦。

　　花期長達一個月，每天給我一小段歡欣愉悅的時光。為了讓她明年春天如期開花，現在已經明白該怎麼去照顧她。

（登載於 2004.7.14 中華副刊）

茉莉與桂花

　　庭院裡種一株茉莉花，兩叢桂花樹。分別於夏、秋兩季，散發淡雅花香，為季節裝點不同的氣息。

　　茉莉本來只是一盆小盆栽，幾年前從花架上搬下來，擱在地面，沒去理會她。過了一段時日，想搬動盆栽，根部讚出盆底的排水孔，牢固深入地表，撼動不易，既然搬動不了，只好讓她在原地存活，不加干擾。

　　為了擴增生存領域，向空中發展，從二樓欄杆綁兩條電纜線下垂到地面。過了一個夏天，以人工導引方式，在花莖以塑膠線綁在電纜線上，慢慢爬上二樓的欄杆，呈現一片翠綠的屏風。

　　茉莉花沒有搶眼的色彩，華美的風采；但以花香取勝，博得主人的歡心。每當外出回家時下，打開庭院的大門，淡淡的花香撲鼻而來，多吸幾口，驅散盛夏燠熱天氣的煩悶，振奮疲憊的身心。

　　茉莉花謝了，秋天悄悄來了。桂花過了中秋，開始盛開，大門兩側各種一叢桂花，每叢都種了三棵，樹齡超過二十年，每年修剪方式控制高度，樹高約一公尺半左右。

　　到了秋天她一定很認真開花，冒出淺黃的小花，一點也不起眼，等你嗅到她的香味，驚覺一年又過了四分之三。歲月催人老，桂花花開時節適時別勵：珍愛黃昏歲月莫虛擲。

　　好幾年前綠繡眼曾經在桂花樹上築巢，機靈選擇茂密的

枝葉間建構孵育幼鳥的小窩。等我們發現時，幼鳥正在學習飛行。斑爛亮麗的羽毛，狡黠的小眼睛，笨拙的飛行技巧，可愛極了。

　　前幾天朋友來家裡，目睹桂花盛開，貪婪吸入好幾口含有桂花香味的空氣，他說只要聞到花香，精神格外振奮。他家裡種植的唯一盆栽就是桂花。看來喜愛桂花的同好還不少哩！

（登載於聯合報繽紛版）

非洲鳳仙與長壽花

　　我家小小院落裡栽種二十幾種植物，其中一部份是盆栽，數量太多時，搬遷到後院或二樓陽台，以免擁擠不堪。非洲鳳仙，長壽花都來自非州，為我平淡日子，增添生活情趣。

非洲鳳仙

　　非洲鳳仙的原產地於東非，世界花壇植物銷售量最多的草花。也是繁殖力強盛的植物之一。

　　我常由小徑登觀音山，步道兩旁長滿非洲鳳仙花，花開時節，綻放綺麗的花朵迎接山友到訪。聲勢浩大攻佔貧瘠的坡地，茂盛的枝葉把原生植物淹沒了。

　　我家院落裡的花牆上，本來只放著兩盆非洲鳳仙花，隔了一年，牆角冒出一大片花苗。到了春天，意氣風發抽到二十公分的高度，單瓣粉紅的花朵，恣情綻放。

　　花牆上種植一排一公尺多的七里香（月橘），牆角日照情況不佳，陰冷潮濕，非洲鳳仙卻越長越多，佔據半個小院子。

　　到了夏天，山上常有蛇類出沒，妻擔心茂密花叢裡，成為蛇類的安樂窩，她又有恐蛇症，提議拔除。現在大門口兩側，各植一株矮種的紅色非洲鳳仙花，色彩艷麗，朝夕出入大門，總會碰面。慢慢淡忘牆角那一大堆高大的非洲鳳仙花。

　　每天清晨我會到住處附近公園一處斜坡的草坪散步，兼任環保志工。春節前公園為了美化環境。草坪上種植矮種的

非洲鳳仙和秋海棠。兩個直徑四公尺左右的大圓形種滿了花，花期過了三個月，依然燦麗。我鐘愛非洲鳳仙，雨後清晨，粉紅花瓣構成綿密的大圓形。微風過處，花兒展露迷人的笑容，跟你道早安。

長壽花

長壽花又名壽星花，原產於非州的馬達加斯加。多年生的草花，葉片肥厚，墨綠色，枝幹肥壯。春天開紅色小花，屬繖房花序，花梗上的每朵花分成四瓣，排列在花軸上，由好多朵小花組合成一朵大花，花期長達三個月。長壽花深受愛花朋友的喜愛，認為象徵福壽吉祥的花卉。

十幾年前院落裡擱著一盆長壽花，因為不必經常澆水，搬到佛堂外的陽台，跟好幾盆觀葉植物湊在一起，她是陽台上唯一開花的植物，花開時格外亮麗而顯眼。幾乎每年春節後，她就賣力演出，綻放小紅花，迎接春天。

偶爾打開落地窗，眺望大屯，七星等山的景色，順手打開水龍頭，澆點水。平時就老天爺憐憫：下雨時潮潤盆土，供應一點水份。

前幾天，折幾株健壯的枝幹，扦插在兩個花盆裡，期待明年春天，多出兩盆長壽花，陪我們過春節。

我家三種植物，都來自遙遠的國度—非州，飄洋過海來到台灣，也在我家落地生根，做為植物家族成員。堅韌的生命，昂揚的鬥志，在我們遭遇挫，隨時惕勵，也為平淡日子裡，增添一點繽紛的色彩。

（登載於 2004.6.10 中華副刊）

春天的種子

公園裡一棵蒲葵，種在榕樹群中。為了爭取更多陽光的照射，枝幹穿透榕樹濃密枝葉的包圍，爭得一片天，爭得充足的日照。

樹頂長出的葉子，如綠色大扇子，隨風搖曳。前幾天清晨散步，走過蒲葵樹下的草坪上，發現許多橢圓形的果實掉得滿地都是。

抬頭仰望，原來是蒲葵綠色的果實，成熟後掉到地面上。果實一層深褐色薄薄的果肉包裹著。過幾天，深褐色澤褪掉，變成淺黃色。撿起來觸摸，堅硬如同小石頭。

數不清的果實掉到草坪上，最後化為塵土而消失。隨手撿拾三粒蒲葵的果實帶回家。

春雨綿綿，拿起土鏟在潮潤的小園裡，挖三個小洞，把蒲葵的種子埋下，鋪上一層泥土。

但願不多久蒲葵種子萌發新芽，成長，茁壯。期待將來三棵壯碩、挺拔的蒲葵，在炎炎夏日，扇出清涼。

（登載於 2005.4.16 中華日報副刊）

公園裡的省思

　　清晨下了一場大雨，等雨稍停，到公園散步後，到街上買兩份早點，雨又下起來。

　　左手提早點，右手撐傘，經過公園，走下一道木造階梯，因梯面潮濕而滑倒。臀部，左手臂着地，右手尾指被雨傘夾傷，滲出鮮血來。兩杯豆漿摔破了，地上流淌白色的液體。

　　跌跤的剎那間，嚇出一身冷汗。等意識清醒，活動一下手腳，還能伸屈自如。慢慢爬起來，除臀部有點疼痛外，沒什麼大礙。

　　等我站穩了，突然聽到有人在背後叫我：

　　「陳先生，有沒有摔傷？」

　　回頭一看，竟然是平常厭惡的老太婆－－王媽媽。她是獨居老人，常因小事與鄰居爭吵，她家院落裡的花木，長出圍牆外，影響視線，她拒絕修剪。以保麗龍箱子裝泥土，放在路旁種菜，妨害交通。大部份鄰居都不願和她往來，成為孤獨而冷漠的老太婆。平時和她碰面時，我只是點點頭，表面應付一下而已。

　　現在她目睹我跌跤狼狽的窘態，卻以溫婉的語氣，真誠的關懷。

　　「不要緊，沒摔傷。」

　　「我去請你太太來照顧你好了。」

　　「我可以自己走回去，沒問題，謝謝你！」

　　她看我能平穩站立，也沒什麼明顯外傷，她放心先離開。平時對王媽媽存有偏見，感到羞愧不已。

　　走回家途中，冷靜檢討省思：

　　萬一跌倒時，發生嚴重意外傷害，王媽媽就是及時救援我的恩人；然而平時對待她的態度，實在太不應該了。

　　跌倒的剎那間，感悟出：偏執的性格，往往影響個人的行為與舉止。因此平時必以真誠寬容待人。

（登載於 2004.10.10 中華副刊）

戀櫻花

　　住處附近公園的幾十株櫻花，每年都在元宵節前後開花，今年春節期間，寒流來襲，使花期延後兩星期。

　　對櫻花情有獨鍾的原因是父親名字裡有個櫻字，敬父心情的緣故；父親往生已五年，父子親緣卻是一輩子。

　　公園內的兩座石燈是日治時期神社道路兩旁布置用的，台灣光復後，拆除神社，石燈遷置於公園內，其中一座附近種植一株三十幾年的櫻花，花開時節，燦麗的櫻花襯托古樸石燈，洋溢著濃濃的東洋風情。

　　今年石燈旁的櫻花，花況比往年盛大，枯乾的枝幹上拚盡全力，開出無數的粉紅小花鐘垂掛著。

　　備妥相機，挑個好天氣，留住今年櫻花綺麗的倩影。

　　清晨櫻花樹下散步，聆賞綠繡眼尖細的鳥囀。天剛亮，群聚在剛開放的櫻花上，以細小的喙愉悅吸吮甜美的花蜜。

　　猶記前年國小同學會在阿里山召開，剛好在櫻花祭前夕，有的櫻花已經開了，其中吉野櫻數量之多，據聞是台灣風景區之冠。

　　在森林公園健行兩個多小時，芬多精浴場裡漫遊、與千年檜木邂逅；站在樹下，抬頭仰望，粗壯的樹幹挺立，樹梢直抵雲霄。

　　最後回到林務局的賓館，在館前拍攝團體照，為到此一遊做見證。賓館前的一株老櫻花，大有來頭。知名的飲料廠

商，選定這裡做為拍攝廣告的場景；唯美浪漫的畫面，的確很吸引人。

　　我為老師、師母及同學夫婦們各拍合照，留下美妙的鏡頭。大家都拍完了照，同學李兄請我以櫻花為背景，替他拍一張獨照。

　　照片沖印出來，李兄獨照裡的神情怡然自得，身後的櫻花雖未全部綻放，卻有好幾朵清麗的櫻花依附在古樸的枝幹上。他收到照片後來電致謝，特別喜愛那張櫻花古樹下的獨照。

　　李兄去年春因病往生。偶爾翻閱昔日活動照片，相交一甲子的老友凋零，櫻花依然年年綻放，不勝唏噓。

　　　　　　　　（登載於 2004.3.23 聯合報繽紛版）

快樂老先覺
贈送花苗　分享快樂

　　麻豆鎮新興街吳家宅院，院子裡建造一座樸素雅致的洋房，房子周圍種植花木，果樹。枝葉扶疏，終年蒼翠濃綠，景致宜人。屋前兩座花園，隨四季更替，種植不同花卉，展現季節的繽紛。

　　宅院主人吳榮春先生，民國六十六年從麻豆鎮埤頭國小退休，以一生積蓄在現址興建洋房，在預留空地上專心營造花園，排遣寂寞歲月。

　　退休前他兼任總務主任。美、綠化校園是他工作重點，校園公園化，成績斐然。成為當時鎮上學校環境的典範。

　　二十幾年來，他投注全部心血，耕耘他的花園，將每株花卉，每棵樹木當成兒女般細心呵護，照料。花兒則綻放美麗笑容來回報他。

　　他特別珍愛花園裡一棵種植多年的玫瑰花，花朵碩大，稀有鮮艷紫紅色澤，格外討人喜愛。天氣晴朗時，起床後就是提水壺澆花，花兒立刻從睡夢中甦醒過來，晶瑩水珠在花瓣上滾動，純真可愛的畫面，開啟一天的喜樂。

　　每年春天，他辛勤耕耘多年的「福祿考」將花園裝點得繁華熱鬧，瑰麗活躍起來。她來自北美洲，英文名字叫（Phlox），中文直譯為「福祿考」。每年開花後結成蒴果，成熟後，摘下，晒乾，採收種子，裝在玻璃瓶裡。到秋天，播

種，育苗，移植。每年重復做同樣動作，樂此不疲。

　　好幾年前一位中華日報記者朋友來探訪他，發現「福祿考」盛開，艷麗多姿，但擁擠不堪。他告訴記者，願意把多出的花苗贈送給機關學校。

　　記者第二天就在南部地方版刊出吳老先生贈送花苗消息。當天就有好幾所學校派人來要花苗。讓更多愛花人，分享快樂。

　　今年來要花苗的學校似乎都忘了。親自擬一份新聞稿，寄給報社，請求刊登。一方面他也寄出明信片，給鎮內的學校。

　　他說這麼做不是想出鋒頭，因為多出花苗，沒有移植，實在太可惜。他今年八十一歲高齡，喜愛接近大自然，晚年的田園生活，過得逍遙自在，豁達而樂觀。

　　自從他老伴臥床之後，他有了更深刻的感悟：「人老了只要沒有病痛，活得健康自在，就是最大福報。」

　　他們伉儷情深，深切期盼老伴能恢復健康，觀賞美麗花草，回味往日甜美時光。

　　註：作者於民國 2000 年 3 月 24 日訪問吳老先生，

羅漢松憔悴了

公園裡健康步道旁一排羅漢松全枯萎了，仔細觀察，有無數毛毛蟲停在葉子上啃食。綠葉啃光了，只剩下光禿禿的樹梗，破壞羅漢松常綠灌木、一年到頭不落葉的英名。

一部分毛毛蟲如空降部隊，吊掛著一根白色絲線，形成奇觀。牠們是空降到地面集結，團隊集合結成前蛹、繭，再羽化成彩色艷麗的蛾。

整排羅漢松全遭毛毛蟲肆虐，無一倖免。毛毛蟲啃齧羅漢松的速度很快，整棵樹葉兩三天就被啃光，綠油油的翠綠，很快改變樣貌，憔悴枯槁，彷彿瀕臨死亡一般。

查閱資料才了解這些毛毛蟲就是「橙帶藍尺蛾」的幼蟲，成蛾在羅漢松樹幹上產卵，夏天天氣炎熱時孵化成幼蟲，啃食葉子長大，便成為毛毛蟲。為了趕緊長大，就吃大量的葉子，成為終齡幼蟲，回到地面變成前蛹，最後成繭，過一段時間破繭而出，變身美麗的蛾。

在夏天的公園裡翩翩飛舞，藍色翅膀上彩繪一條橙色帶子，美麗動人的身影十分吸睛，牠的芳名就叫「橙帶藍尺蛾」。

羅漢松以綠葉養大蛾的幼蟲，讓牠變成美麗的蛾，忍痛的犧牲造就夏日公園生動繽紛的場景，也讓在公園裡運動、散心的人們賞心悅目！

（青年副刊 2012.2.24）

燈籠花

莫拉克颱風造成嚴重水災,老家燈籠花圍籬也被無情的洪水沖垮。童年留下許多難忘的回憶:圍籬上的燈籠花,花期很長,像極了倒掛的燈籠。摘下花朵,找來一根竹棍子,綁上一根線,再把燈籠花綁在另一端拿在手上,就這樣玩起來,玩累了隨手丟棄,反正花朵圍籬上多的是。無意中折斷花蕊,吸吮裡頭的汁液,竟然有淡淡的甜味,沒錢買糖果的年代,舔燈籠花蕊的遊戲,就感到無比的幸福。

成年後兄弟們離開老家,各自成家立業。父親年紀大了,母親往生後,成了獨居老人。剪不動圍籬的燈籠花,兄弟們回老家,修剪燈籠花圍籬,是返鄉的工作之一,因為父親希望圍籬修剪得平整。

大門口父親種植兩株黃椰子,英挺高大,枝葉扶疏。每年盛夏,父親就躺在涼椅上,習習的椰風伴著孤獨寂寞的老人。後來行動不便時,雇用專人陪伴照顧;然而他默默無言的期待兒女假日回到老家,父子沉浸於無法割捨的天倫之樂。陪他坐在椰子樹下,燈籠花圍籬旁邊聊及往事,如過眼雲煙,不勝唏噓。

十一年前父親也往生了,古老的房舍無人居住,便鎖住一屋子的寂寥。

這次南返祭祖,回到老家,本來區隔內外的燈籠花圍籬整排消失了,毀了我們對燈籠花豐美的記憶。洪水漫過圍籬,

百年來最大水患長驅直入，淹進屋內，整個村莊無一倖免。
老家大部分家具泡水報廢，幸好老家房舍安然無恙，保留珍
貴的童年記憶。

（青年日報副刊　2010.7.3）

銀杏的故事

　　十幾年前到韓國首爾（當時叫漢城），發現種植的行道樹是銀杏。路樹根部放置挖出許多小圓孔的鐵蓋保護，設計很特別。

　　幾年前到北投區湖山國小參觀時，一位陳老師告知校門口剛種植的銀杏說：「銀杏生長速度緩慢，年輕時種下去，到了當阿公時，孫子也長大了，銀杏長成大樹，開花結果，公孫同時享用果實，因此才會叫它公孫樹。」

　　觀音山上有一座開山園，園內長了一株銀杏，直徑約十五公分，可能是日治時期種植的，乃觀音山區唯一的銀杏，顯得格外珍貴。據經常在開山園活動的朋友表示，該株老銀杏從來沒開過花，但沒人知道原因。

　　銀杏是雌雄異株，不會開花的就是雄性（公）的，只有一棵雌性（母）的，開花也結不了果實。最近去了一趟大雪山，半途一家民宿，園主在二十五年前種植一千五百株銀杏，種苗是自日本引進臺灣的，如今已植樹成林。

　　當時他在山區買了一塊地，一頭栽進銀杏的種植與研究。經過二十五年漫長歲月，現在成就一片銀杏林，造就四季不同的風貌。每年耶誕節前後，銀杏林漫天的黃葉飄落，彷彿置身於北國蕭瑟的寒冬，獨特的景致吸引許多愛好登山、攝影的朋友前往觀賞及取景。

　　老闆興奮地說，今年發現一株樹上結了一個果實，撥開

後赫見兩顆種子，代表銀杏不久後將會大量開花結果。以他經營管理銀杏的經驗，否定過去銀杏成長緩慢的說法。樹幹直徑約十五公分的銀杏，果實原要五十年以上才會結果，如今時間恰好提早一半。園主的親身體驗，推翻過去銀杏成長緩慢的說法。

　　翻閱資料得知銀杏生命力旺盛，屬冰河時期的孑遺植物，年代久遠。日本原爆以後，動植物生命慘遭滅絕，久久無法再現生機；後來發現最先萌發新芽、展現新生命的植物居然是銀杏，成為植物界抗拒原爆的英雄好漢。

　　我們原打算參觀銀杏林，但因天色已晚，且銀杏林距民宿還有一段距離，園主建議冬天較適合觀賞變色葉，邀我們下次再來；即使不住宿，路過這裡，也歡迎進園喝杯茶，於是我們相約初冬再晤聚。

（青年副刊　2012.10.28）

與水雉有約

趁南返祭祖，帶家人到官田水雉生態教育園區參觀，園區距隆田火車站很近，往麻豆的公路旁邊，交通很方便。

高鐵路線通過水雉棲息地，愛鳥人士擔心影響生態，由高鐵公司贊助經費，台糖公司租借土地，於現址成立保育團體，積極推動復育工作。目前由台南市政府接管。

多種水雉中，官田水雉，屬長尾型，十分珍貴。只能在菱角田中生活。台南市除官田區之外，下營地區也有少量存活。

十一年前成立時只剩下幾十隻，我們去參觀時，志工朋友告知：去年鳥類調查時，水雉在園區內的數量超過五百隻。過了一個冬天，因為天氣冷，找不到食物，死掉一百多隻。現在大約有三百多隻。白天牠們會離開園區，到處逛逛，尋找食物，天黑以前，會回到園區來。復育成果輝煌。

兩位志工朋友攜帶自己的裝備，架設起望遠鏡，供遊客觀賞水雉生態，在旁邊詳盡解說。服務的熱誠，令人感動。

孫子第一次從望遠鏡裡看到姿態輕盈，樣子很可愛的水雉，興奮的叫起來。

「看到了，好漂亮啊！」

志工叔叔指著一張圖片，一隻公的水雉站在樹枝，對著一個石頭專注凝視。問孫子說：

「那一隻公水雉的動作，你知道牠想做什麼嗎？猜猜看，

猜對的話，可以到辦公室領獎品。」

離開時孫子到辦公室，告訴小姐，圖片的標準答案：

「公的水雉練習求偶的動作。」

「答對了，送你一份獎品。」

全家人參觀水雉園區，孫子的收穫最豐碩。

到了夏天，水田裡菱角葉子，舖滿水面，水雉踩著輕盈的腳步，來往其間，贏得凌波仙子的美名。

生態環境教育功能優先，讓參觀民眾瞭解珍貴的水雉。地球只有一個，人與動物共存共榮。

（華副 2012 年 12 月 8 日）

落果

　　去年十月初，院子角落那株馬拉巴栗開了第一朵花，長出一粒果實，曾於副刊發表「一樹長一果」。

　　幾個月來，每天出門時總會多看它幾眼，觀察果實的動靜，兩星期前發現裂痕，很可能成熟後掉落地面。

　　今晨一出大門，樹上唯一的果實不見了，掉到花盆裡，迸裂成三瓣，種子剩五粒在果實裡，掉了幾粒在草叢裡，我一一撿起來。

　　從開花、結果，孕育種子到成熟落地，整整四個月的時間，它圓滿完成任務。

　　妻問我打算怎麼處理那些種子？我說：觀音山遊客中心右側牛港稜山腳下，山友闢建一處長春園，種植各種花木美化環境；上山時我們常在園裡休憩，喝茶、看書、聽音樂，盤桓半日。下次上山，我將攜帶工具挖洞，趁雨季泥土潮濕時，把種子埋下去讓它萌芽，若能存活，再過幾年必能長大成樹。將來我們更老了，再拄枴杖邀子孫陪伴上山，告訴他們那幾棵馬拉巴栗樹是爺爺奶奶種的。

　　馬拉巴栗的種子埋到地裡，只要足夠的水分，便能萌芽快速成長，它的生命力強靱。今年春天我將至觀音山上植栽，在山區多種幾棵樹，讓大地增添綠意，為愛地球盡一份微薄的心力。

（青年副刊　2012.3.19）

落羽的季節

公園裡幾年前種植的五棵落羽松，成長快速，現在高達六公尺，枝幹挺拔，樹相俊秀。春天萌發鮮麗的嫩綠，到了夏天，綠葉高據枝頭，意氣風發。入冬以後落羽松的葉子，染上紅褐色澤，春節前後，葉子紛紛飄落，酷似鳥類的羽毛，染上顏色，跌落地面，疊起一層又一層的落羽。

冷寂的清晨，散步時踩踏過輕柔的落羽，發出窸窸窣窣的跫音。彎下腰，撿拾一片落葉摩挲，憑弔脫離樹枝枯萎的生命。仰望高聳的枝幹，光禿禿的枝椏，恍如北國寒冬風情。

原生於北美洲沼澤地區的落羽松，飄洋過海到副熱帶的寶島，居然適應良好，落地生根而生生不息。

落羽松樹葉脫落後，醞釀新的生機，等春天來臨，萌發新綠，裝扮枯黃的枝幹，穿上亮麗的新衣，呈現蓬勃的生命力。

想起十幾年前的暑假，陪同學校同仁走全程八十幾公里的能高越嶺。第二天行程從屯原出發，走到台電保線所之一的白雲站。步道兩旁長滿松樹，蒼鬱濃綠的松葉，歡愉生活於無污染的遼闊的山野。枯黃的松針，舖蓋整條步道。背負重裝，行走其間，彷彿走在厚實的地毯上，心情格外輕鬆，沈重的登山背包似乎減輕許多。

黃昏走抵白雲保線所，目睹瑰麗晚霞裡，璀璨落日的景觀，鮮明印象，終生難忘。

中華副刊

楓紅時節

臺灣知名的賞楓景點南投的奧萬大，二十幾年前我曾與學校同仁組隊前往，到埔里轉乘中型卡車，經過崎嶇不平的山路到達目的地。楓樹林的葉子依然翠綠，氣溫不夠冷，楓葉就不會變紅。出發前因未打聽賞楓訊息，故白跑一趟，沒見到楓紅，大失所望。

現今福壽山農場的楓葉已成為冬季最受歡迎的景致，我與家人至福壽山、武陵農場都是在夏季，故從沒遊賞過楓紅的盛況。

五股民義路到觀音山的步道旁，幾年前沿途種了不少楓樹，目前已長到四公尺高，寒流過後，紅葉染紅山景，十分美麗壯觀。

新北投往陽明山的新明路上，四十幾株楓香老樹，樹齡超過百年，開車經過時，盡可能的放慢速度，打開車窗觀賞沿途老樹幹上歲月留下斑剝的痕跡，它們雖蒼老但質樸，且生意盎然。冬天路過，偶爾看得到飄零的落葉，宣告一年又悄悄的消逝了。

前幾天路過臺北市民權西路通往長安西路的十九巷，路旁種植一排楓香，葉子雖還未變紅，但幾株葉子已變色了，等下一波寒流報到，一定很可觀！午後行人稀少，徜徉其間，享受都會裡難得的閒適風情；走累了，就坐在樹下的椅子歇歇腳，心境十分愜意。

　　鄰居的住宅前，設置一座紀念他母親的花園，種植好多花木、盆栽，其中一株楓香已三十年樹齡。星期天兒子回家時，討論到尖石鄉賞楓攝影。他說：「王叔叔花園那株楓香已經變紅了，趕緊去拍吧！」當天下雨，沒來得及拍攝，隔了兩天，中午太陽露臉，是晴朗的好天氣，我從防潮箱拿出單眼相機，外加兩個鏡頭，走幾步路進了鄰居花園，眼見楓葉掉了一大半，地上鋪一層厚厚的葉子。我遂以澄澈的藍天為背景，襯托紅艷的楓葉，再拍幾張特寫。一陣冷冽蕭瑟的寒風吹過，紅葉片片飄落，意外邂逅的美景，令人驚艷。

　　回過頭來，妻坐在石凳上曬太陽，溫煦的陽光驅散了連日來濕冷的天氣，她說：「楓葉都快掉光了，再不拍攝，又得等一年。」

　　美好的事物當及時掌握，就像時光稍縱即逝，若不珍惜便會後悔莫及。

（青年副刊 2012.1.30）

第一朵山茶花

院子裡種植一棵山茶花，花齡達 25 年，剛遷居不久，一位老花農挑一擔茶花苗一家一家兜售。

他向我推薦其中一棵叫「白六角」，開純白的花，花形呈六角形，絕對漂亮。售價新台幣一千元。另一棵名叫「十八學士」，售價三千元，價格太貴，買下「白六角」，種在院子裡的中間，彰顯她的嬌貴。

過了幾年，果然綻放山茶花，花色純淨潔白，唯形狀看不出六角形來。

多年來白色山茶花一定在春節前後開花，花期達兩個月。每有親友來訪，都會特別介紹觀賞山茶花。

大門口兩旁各植桂花一棵，寓有歡迎貴（桂）客之意，展示山茶花則有奉茶之意。

山茶斷斷續續開放，每年都超過六十朵以上；但春節後，春雨綿綿，山茶花經雨水浸潤，很容易落。

我曾經想搭建臨時遮雨棚，來遮雨，妻說：

「搭起雨棚，破壞自然美感，花就讓她自然脫落吧！」

今年暖冬緣故，白色山茶花，距春節前三星期就開了第一朵花，睽違一年，再度顯現，平淡的日子裡，平添了些微喜悅。

甚是喜愛這第一朵山茶開花，我每日早晚出門時一定會看她幾眼，回到家裡，也會跟她打聲招呼：我回來了。

　　這幾天天氣晴朗，沒有下雨，山茶花沒受到雨水的侵擾，應該可以開久一點吧！

　　過了幾天，第一朵山茶還沒脫落，第二朵又冒出來。預計今年春節達到開花的高峰期，她迎迓來訪的親友，沾染春天煥發的喜氣與活力。

（青年日報副刊 2007.2.18 春節發表）

桂花盛開時　花香喚年月

庭院裡種了一株茉莉花、兩叢桂花樹，它們分別於夏秋兩季，散發出淡雅花香，為季節妝點出不同的氣息。

茉莉本來只是一盆小盆栽，幾年前從花架上搬下來，擱在地面，沒去理會。過了一段時日，想搬動盆栽，發現根部鑽出盆底的排水孔，牢固深入地表，撼動不易，既然搬動不了，只好讓它在原地存活，不加干擾。

為了擴增它的生存領域，我用人工導引方式，以塑膠線把花莖綁在電纜線上，供茉莉花慢慢爬上二樓的欄杆。過了一個夏天，它果真在不知不覺間靈巧地爬上二樓，變成了一片翠綠屏風。

茉莉花沒有搶眼的色彩、華美的丰采，但以花香取勝，博得主人歡心。

每當外出回家，打開庭院的大門，淡淡的花香撲鼻而來，多吸幾口，驅散盛夏燠熱天氣的煩悶，也振奮了疲憊的身心。

茉莉花謝了，秋天悄悄來到。

桂花過了中秋，開始盛開，大門兩側各種一叢桂花，每叢都種了三棵，樹齡超過二十年，每年修剪，樹高約一公尺半。

到了秋天，它一定很認真開花，冒出淺黃小花，一點也不起眼，等你嗅到香味，驚覺一年又過了四分之三。

好幾年前，綠繡眼曾經在桂花樹上築巢，機靈選擇茂密

的枝葉間建構孵育幼鳥的小窩。等我們發現時，幼鳥正在學習飛行：斑斕亮麗的羽毛、狡點的小眼睛、笨拙的飛行技巧，可愛極了。

　　前幾天朋友來家裡，目睹桂花盛開，貪婪吸入好幾口含有桂花香味的空氣，他說只要聞到花香，精神格外振奮。他家裡種植的唯一盆栽就是桂花，想來，他也是喜歡在香味中度過年月之人。

（聯合報繽紛版 2003.10.23）

假山上的楓紅

公園裡的水池內建造一座假山，以礁石為主堆砌而成。假山上種植幾棵龍柏，一棵秋葵，長得都不高大。

今天清晨寒流過境，在公園散步後，走到小街上購物，路過假山，兩棵長在假山上的矮小楓香，給冷颼颼的寒風吹紅了。

一棵全數葉子酡紅的色澤，討人喜愛，另一棵淺紅色裡泛著微黃，過不了幾天，她又會改變顏色的。

經常路過假山，從來沒注意到楓香的存在，一夕之間泛紅，格外醒目。停下腳步，仔細觀賞一季的繽紛。

回程時，又停下來，凝神專注多看幾眼：公園裡寒冬依然蔥蘢翠綠的群樹裡唯一改變色澤的樹種。

楓香樹下兩隻水泥雕塑的丹頂鶴，一隻低頭覓食，一隻展翅飛翔狀，神態自若，優閒。

接近池水的假山上長了蕨類植物，不知名的野草，豐富了單調假山的生態。

龍柏與楓香都直接種在貧瘠礁石上，平時也乏人照料，盛夏時，沒人澆水，更談不上施肥。或許楓香的根部鑽進礁石縫隙，到達池面，汲取水分，否則唯有依賴大自然雨露的滋潤，維繫堅韌生命，生生不息。

兩棵假山上的楓紅，大清早給我視覺上的震撼，更令人萬分感動。我決定楓紅還沒飄零之前，拿相機拍攝下她寒冬裡最淒美的鏡頭。　　　（中華日報副刊發表 2005-02-03）

相思花開

　　四五月之間北部山區的油桐花盛開，蒼翠的山頭抹上皚皚的白雪，景致優美。地方政府推出以桐花祭為主題的藝文活動，熱鬧登場。油桐花盛開後，相思樹也不甘寂寞的冒出黃橙橙的花朵，一夕之間，樹巔塗上一層金黃的色澤，格外醒目；然而它顯然沒有受到重視，如果也能舉辦相思花祭，不要讓相思花孤獨的凋零。

　　相思樹的原產地在恆春半島，分布遍及全臺各地的平野、丘陵及低海拔的山區，成為臺灣分布最廣大的喬木。

　　另有一說：臺灣相思樹是從菲律賓呂宋島於荷蘭人據臺時移植到寶島。

　　筆者於二十幾年前遷居林口時，於太平嶺村中小徑旁發現燒木炭的炭窯，就是以相思樹枝幹燒製。因材質堅硬細密，火力強而耐燒，是最理想的燒碳原料。因家庭燃料由天然氣與瓦斯取代，木炭的年代消逝了，炭窯在風雨催剝下傾圮倒塌。

　　嘉寶村一條小徑山坡上種植一大片相思林，樹齡在三十年以上，林相優美。同事十幾人一年秋天造訪，特地帶他們參觀。當時天空飄著細雨，小徑瀰漫著薄霧，秋風吹拂樹梢，蕭瑟淒清的景象引發女同仁感性的說：「相思林的小徑氣氛好浪漫。」

　　後來相思林砍除，每次去散步，回想往日濃密茂盛的群樹，樹影婆娑，如今只剩下光禿禿的坡地便覺黯然神傷。

　　離住處不遠的一所學校，清晨經常去散步。後山上三棵

高大的相思樹，好幾年前的五月間，發現開花了，鮮黃亮麗的色澤蓋住綠葉，聲勢浩大。走過相思樹下，嗅到令人愉悅淡雅的香味，不禁張開雙臂，盡情多吸幾口滲著花香的溼潤空氣。

相思花屬頭狀花序，很像小絨球，毛茸茸的，小巧得可愛。

前年初夏路過北投大磺嘴附近，大屯山區錯落於林野中的相思樹開花了，於燦爛陽光下閃爍著耀眼的金黃，真是美極了。我把車停在路旁，下車仔細觀賞大自然畫師偉大的創作，趕緊拿出相機框住綺麗的景致。

去年五月初，登觀音山風景區管理所後的楓櫃斗湖山。站在停車場，抬起頭來就能看到山區的相思樹開花了。過了一星期，登臨小徑，路過相思樹下，小花落地，失去鮮麗光澤，圓滾滾的模樣也變了形，黃花憔悴了。

今年天氣冷，相思樹開花晚了三星期左右，五月下旬才開花。路過凌雲路，部分路段掉了許多黃花，車子輪胎輾過，全部壓扁化成花泥，下雨過後黏貼在路面。我帶了兩個便當，坐在觀音山風管所旁的涼亭內午餐。面對楓櫃斗湖山盛開的相思花，蒼翠的樹巔如灑上一層金粉般的耀眼；隨風飄散淡淡的花香，更增添餐點的美味。

相思樹生命力旺盛，即使貧瘠的地區也可長出一片茂密的天然林。經濟價值雖不如以往受到重視，然而在地表上欣欣向榮的繁衍，綠化環境的貢獻是不可磨滅的。它總在四、五月間的花期，為大地塗抹鮮美的金黃，呈現引人相思的浪漫姿容。 　　　　　　　　　（青年日報副刊 2011.7.11）

盆栽裡的驚奇

鄰居院落裡種了三棵馬拉巴栗，長到二樓高度，枝葉長到圍牆外來，每年兀自花開花落、結果，無人聞問。去年中秋前一天的清晨路過鄰居圍牆外，馬拉巴栗的果實掉到地上，撒了一地的種子，我彎腰撿起，一共十五粒。回家後告訴妻：「我想把種子種在花盆裡，也許可以長出十五棵幼苗，養十五個盆栽。」

後來有關種樹的事情我便忘了，十五粒種子妻就把它扔掉。直到今年中元節前兩天，原地又掉下馬拉巴栗果實，撒滿地面上，我撿起來數了一下，剛好是十五粒，與去年數目相同。

撿起裂開的果皮，它跌到地面時裂成五瓣，每瓣內有三粒種子，一共十五粒。果實外殼堅硬，表皮綠色，果皮內部像白色的海綿體，是用來保護種子。它跌落地面時，種子全都彈到地面，那種巧妙的設計令人讚嘆。植物為了繁衍後代，對於果實種子的防護設計週全，每顆種子數目都是十五粒，難道是偶然的巧合？

我仔細觀察樹上綠色果實，在繁密的樹葉中隱藏了幾粒果實，發現冒出幾朵白花，證明馬拉巴栗一年開花兩次，夏天結的果實比較多，我對冬天果實的印象較為模糊。撿來的馬拉巴栗種子，中元節時我搬出五個花盆種下十五粒種子，澆淋足夠水分。

過了一星期，種子經過水分的浸泡，體積膨脹，種子的

褐色表皮裂開來，呈現白色果肉，萌發嫩芽，醞釀的新生命。

　　觀察結果，打破過去種子必須曬乾等到春天再種植的迷思，馬拉巴栗採收後播種立即萌芽，種子又過了一星期，竟長出圓形嫩葉來。

　　妻本來對我種植巴拉巴栗種子持懷疑的態度，看到幼苗成長的過程頗有興趣，天一亮她就去觀察，看看又有什麼新奇的變化？從此照顧幼苗的工作就由她接手，每天澆兩次水。

　　一個中型花盆長出五棵幼苗，顯得有點擁擠。種植後的第十八天長出手掌般大小的五片葉子，小巧可愛；第二十五天，樹幹又長高了，達二十公分，葉子長得綠意盎然，展現旺盛的生命力。令人讚嘆：一粒小種子居然在短時間內，長成一棵小樹。

　　一大早，妻邀鄰居來觀賞馬拉巴栗幼苗成長的盛況，她興奮述說種子播種以後，奇妙的成長歷程，妻主動提出贈送幼苗給鄰居，她欣然接受。妻強調馬拉巴栗當盆栽，可以擺放室內，不必陽光照射也可存活，除了當擺飾，也可以清淨室內空氣，好處可多了。

　　隨後妻便忙著到花店購置合適的花盆、泥土，回來從事移植的工作，她親自體認到植物成長過程的喜悅，更感受到美好事物與他人分享的快樂。

（青年日報副刊　2010.12.23）

流蘇飄雨

每天清晨散步的公園，種的五棵流蘇，每年春天三，四月間才開花的，去年十二月底就看到三棵流蘇，長出一身新綠，乾枯的樹枝鮮活起來。過幾天，居然迸出稀疏的白色小花來。顯然流蘇因為暖和的天候促使它提早開花。

剩下兩棵沒有開花的，葉子全掉光了，只剩下光禿禿的枝椏，度過凜冽的寒冬。

今年春天來時，兩棵流蘇迸出嫩綠的新葉，到了三月中旬，葉子長滿了，期待流蘇花的綻放。

到了月底，小花終於開了，無可比擬純白細緻，毫無暇疵的潔淨。

花期大約只有一星期，凋萎之前，小花出現褐色斑點，預告花朵即將凋零。

世界上美好事物的存在，時間總是短暫的，快速的消失，總會留下深刻的印象。

連續好幾天陰雨天氣，春雨綿綿，使得人的情緒也幾乎要發霉了。

今天一大早，太陽露了臉，溫煦的陽光灑在潮潤的大地。

出門散步時，背起相機，為盛開的流蘇留下今年的紀錄。到達時突然吹來一陣南風，流蘇細小的花瓣紛紛飄落，彷彿雪花飄飄，難得一見的美妙綺麗美景，令人悸動，卻非相機可以捕捉得到的。

　　我凝視良久，等風停了，花雨不再飄落；然而難得一見的景緻，提振我一天的好心情。

（中華副刊發表 2007.6.25）

又見野牡丹

往昔在低海拔山坡地（六百公尺以下），野牡丹隨處可見，但近年來野牡丹數量銳減，六月下旬清晨登觀音山凌雲禪寺後面的鷹仔尖，步道旁發現一株暌違已久的野牡丹，花朵盛開，淺粉紅的色澤依舊，令人驚喜，便停下腳步仔細觀賞一番。

二十幾年前端午節前後，與學校同仁從烏來桶後越嶺到宜蘭縣的礁溪，沿著步道兩旁野牡丹熱情綻放，一路陪伴，令人賞心悅目。

當時對這種強勢野花不太了解，在網路還沒發達的年代，只能翻閱參考圖書。後來查出野牡丹與長在溫帶的嬌貴牡丹花一點關係也沒有，因為花色艷麗，媲美牡丹，就加上一個野字來命名。它還有好幾個很鄉土的名字：金石榴、埔筆仔、九螺仔花、王不留行等。

七月下旬再登鷹仔尖，野牡丹花朵逐漸凋謝，結成果實，盼望明年春天能長出更多幼苗，建構一處美麗的景點，讓路過山友停下腳步，觀賞它美麗的丰姿。

（青年日報副刊 2010.9.29）

老樹的故事

　　每天散步的公園裡頭，幾乎所有的花草樹木都叫得出名字；唯獨一棵枯了半邊的老樹，不知它的芳名。今天早晨走過老樹下，老園丁正在以塑膠管澆灌水分，問他：「這棵老樹叫什麼名字？」「杜英」。他不思索立刻回答，他又說出老樹移植的過程：

　　「十八年前開發工業區時，必須要砍除，因為長得高大，可能超過百年，因砍掉太可惜，便雇用吊車把老樹移植到公園來。工人不小心碰傷表皮，沒有及時治療，樹幹便枯了半邊，擔心它會枯死，去年開始不下雨時，我就會來澆澆水，現在葉子長得茂盛多了。」杜英樹冠優美，木材可當作栽培香菇的段木，果實可食用，種子堅硬，可當佛珠的材料，故稱為「金剛子」。杜英樹幹高大，屹立於公園內茂密的樹叢中，顯得格外突出。深秋時節綠葉變紅，雖然沒有楓紅令人驚艷，卻是公園內的另一番風景。

　　老園丁不但知道老樹的身世，也付出愛心，全力照顧受傷的它。它從原生地移植到公園裡，根部深入新的土地，重新適應新環境，繼續成長。我每天進出公園，路過杜英老樹前，總會抬頭仰望樹巔翠綠的身影，心情格外愉悅。

（青年日報副刊 2011.11.8）

漫步小森林

每天清晨在公園草坪健走三十分鐘後，總要到小森林裡漫步十分鐘，舒緩疲累的身體，恢復體能。

小森林由七棵榕樹、三棵樟樹組合而成。面積約二十平方公尺的正方形。其中一棵樟樹的枝幹壯碩，樹長在一處斜坡上，排水良好，雨後地上不見積水，樹齡在四十年以上，濃密樹葉交錯，形成隱密的小天地。平時人跡罕至，漫步其間，獨享私密幽靜的樂趣。

雨後小森林產生更多的芬多精，林間瀰漫著潮潤，清新的空氣。張開雙臂，盡情吸入純淨而甘醇的氣體。

小森林附近種了幾棵櫻花，春天清晨散步時，聆賞綠繡眼尖細的鳴囀。天剛亮，牠們群聚在剛開花的櫻花上，以細小的喙愉悅吸吮甜美的花蜜。

「啾！……啾……」

細緻而高吭的鳴囀為清晨寧靜的林間譜出自然的音韻。只要一抬頭，就能觀賞牠陽光下的彩羽，斑斕絢麗，矯捷身影不停的於花叢間跳躍，肆無忌憚的高歌。

綠繡眼平時行蹤隱密，不容易看到。櫻花綻放時，全出動了，熱烈參加一年一度的櫻花饗宴，飽餐一頓，否則還得等上一年哩。

夏天的清晨，一大早蟬兒高據枝頭大鳴大放。激越、高亢的歌聲，從濃蔭裡播送出來，一向寧靜的樹林間頓時熱鬧

起來。

　　地上常有蝸牛出現，為了防範踐踏無辜的小動物，到達林間時，先仔細巡察路面：發現有蝸牛時，撿起放置在安全地面。樹林底下還存活一種小動物——蜘蛛，牠們辛苦張結於林間的天羅地網，形同八卦的游絲，捕食昆蟲的工具。

　　蛛絲偶爾纏繞臉部，總覺得不舒服。如果隨手破壞蜘蛛網，或許牠要耗費好多時日，才能完工，挨餓多時。因此發現蜘蛛網，只好讓路，繞道而過。

　　去年春天，一對野鴿子也常在小森林裡出現，應該是一對情侶吧！形影相隨，十分親密的在地面上尋覓食物。今年卻沒看到牠們出現，令人惦念。

　　小森林裡自成一個豐富的生態體系，林間本來就是牠們生活的領域。漫步其間，必須尊重牠們生存的權利。

（中華日報副刊　2005-07）

野薑花開

初秋時節，野薑花開的季節。淡淡高雅的花香，飄散於空際時，才能發覺她的存在。

觀音山風管所前的步道，種植在步道旁的陸地上，八月下旬，潔白的花朵綻放，飄散出來的香氣，提醒人們：酷熱的夏季，即將消逝，涼爽舒適的秋天，即將來臨。

印象中的野薑花都長在溪邊，陸地上不易存活；然而風景區裡的的野薑花，也能欣欣向榮，花開花落。或許她為了生存，調整原來的習性。

記得一次到雙溪鄉，與朋友同行，三人共乘一部車。黃昏時刻，夕陽即將下山，絢爛晚霞，美得讓朋友停下車來。朋友說：「下車欣賞夕陽吧！在都會區難得一見。」

下了車，發現溪邊長了好多野薑花，花正盛開，淡雅的花香，令人迷醉。朋友興起，走到溪邊，隨身採摘了一大把野薑花。他說：「帶回家去，用清水供在花瓶裡，室內飄香一星期。」

朋友心思浪漫，頗能享受生活情趣。手捧著野花，就讓他一臉的快樂與滿足。

（中華副刊 2011.10.20）

野生動物的樂園

福山植物園區是種植研究植物的學術園地,管理得當,保護植物之外,也成為野生動物的樂園。

深秋時,園區內的林木依然翠綠,看不到寒冬景象,唯獨水杉開始落葉,顯現清寂的畫面。

水生植物池中,池水不如首次造訪時那樣清澈。最常見的鳥類有小鸊鷉,牠是捕魚高手,經常沉潛到水中捕捉小魚。春、夏季節,很容易看到羽毛色彩斑斕、感情深篤的鴛鴦優游於寧靜的湖面。

氣溫下降,遍尋不著鴛鴦的蹤影,只有幾隻小鸊鷉活潑表演潛水的動作;魚類最多的則是臺灣鯝魚(苦花魚),自在翻游於水中。

在園區的一座涼亭裡,據志工朋友說:春、夏季節大約棲息二百八十隻蝙蝠,冬天就遷移到氣溫較高的平地。

野生山豬夜晚才會出來活動,目前約有五個家族,可能攻擊遊客,因而園區內夜晚不能逗留,以免發生意外。另一個族群就是臺灣獼猴,約七個家族,白天可能出現,偶爾看到猴群爭鬥場面,那是為了爭霸猴王的地位。

志工朋友建議,白天想看野生動物,開車到行政中心繞一圈,常常會看到山羌或臺灣獼猴出現。兒子接受建議,開車循車道緩慢行駛,果然發現一隻母山羌帶著小山羌在車道旁嬉戲,一點也不在乎人為的干擾。我們把車停下來,仔細

觀察山猺活潑可愛的模樣,等牠們母子回到樹林裡,才開車離開。

　　孫子最興奮,他是第一次在野外真切看到野生動物活生生的樣貌。山林本來就是野生動物的家,我們進入牠們的生活領域,就必須尊重牠們生存的權利。

(青年日報副刊 2012.8.26)

阿勃勒花開二度

公園裡的幾棵阿勃勒，八月下旬又開花了，一串串金黃色澤的花朵，於清晨陽光的照射下，格外亮麗耀眼。

每天清晨除非颱風天，我一定到公園裡種植落羽松，阿勃勒樹下散步，吸收散發芬多精的鮮潔空氣。

對阿勃勒鮮明的記憶，就是二十年前暑假期間，么兒在台中成功嶺受訓。我駕車載妻南下，到成功嶺參加懇親會，會後可以自由外出。載他到東勢去，那裡有位熟識的朋友開餐廳。到達時還不到用餐時間，載他到一所學校去，幾棵老樹綻放一串串黃花，以前從沒看過。看了解說牌，才知道樹名叫阿勃勒。

飯後又逛了幾處景點，收假前把么兒送回成功嶺。現在每見到阿勃勒，總會想起那段往事。

阿勃勒開花很特別，結果時間更長達一年，去年果實今年開花時才成熟，黑褐色圓形莢果，約十公分長，「掉到地面上」。踩到果實，「必剝！必剝！」的響起。撿起一小段，嗅出腥臭的味道，果實迸出扁圓形的褐色種子，表皮具有光澤，十分可愛。

回到家裡，打開電腦檔案中的阿勃勒資料夾，點出今年初夏拍攝的相片，日期是 6 月 21 日，距離今天 8 月 21 日剛好 2 個月。

花開二度打破我過去喬木開花一年一度的迷思。植物的

世界真的很奇妙；但我又想起另一個問題：

　　入秋時節，氣候依然居高不下，引發植物的錯覺，如果是因地球暖化，致氣溫升高，二度開花，環保問題就必須更加警惕了。

（中華日報副刊 2008.10.5）

鶴頂蘭堅韌生命力

牆角放置三盆鶴頂蘭，除了夏天澆水外，絕少施肥；但每年春天，一定會先抽出長梗，開出美麗的花朵。

上網查看，赫然發現民國 96 年元月 10 日由陳鳳觀繪圖，中華郵政發行的一套郵票中，就以鶴頂蘭為圖案。丰姿婉約，素樸亮麗。

想起筆者 20 年前還在上班時，搬一盆即將開花的鶴頂蘭到辦公室去。過幾天，花開了，同仁們紛紛來觀看，讚賞平時難得一見的蘭花。

現在開花的三盆中，一盆曾經搬去辦公室再搬回家的，因此鶴頂蘭在家裡至少已有 20 年以上的歷史。

印象中鶴頂蘭年年開花，從不缺席，儘管平時疏於照料；但到春天，一定抽梗開花，吸收花盆裡有限的養分，迸出花朵來。

她不如洋蘭那般嬌貴，養尊處優，獲得細心呵護，才肯開花，她只要一片土地，就能落地生根，繁衍茁壯。

更難得的是：三盆鶴頂蘭不約而同的在相近的時間開花，這種現象是無法理解的大自然奧秘。

筆者拿出相機，拍攝她們開花的盛況，留下紀錄，等明年再開花時做一比較。

為了獎勵鶴頂蘭的辛勞，花期過了，一定施肥，補充足夠的一養分，獎賞她開花的辛勞。

文旦花開

每年三月，兄弟妹相約返故鄉麻豆祭祖，只要車子進入郊區，就能聞到濃郁的文旦花的香味，撲鼻而來，整個城鎮瀰漫於文旦花的芬芳氣息，我們又回老家了。

我祖父愛種果樹，尤其種文旦更有興趣。幼年時宅院裡種了十幾株文旦樹，三公尺左右高度，當時在我們心目中已經是大樹。陪伴我們度過歡樂的童年。每年秋天，文旦收成後販售，又可以增加一筆收入。

童年我們以小竹管製作成空氣槍，撿拾文旦的落果當子彈，就在文旦樹下開戰，捉對廝殺，極其緊張刺激。

落果停了，我們的戰鬥自然停止。

隨著年齡成長，文旦樹成了老樹，到了五十年代，我北上求學時，文旦樹得了病蟲害，先後枯死。砍伐後父親改種新品種的「愛文」芒果，又種了幾株文旦樹，文旦樹開花的盛況大不如前。父母先後往生，兄弟分居不同的城鎮，回老家的機會不多。果園荒蕪，剩下幾株文旦樹，乏人照料，每年只能結幾個小文旦。早年果園的盛況不再，人事全非，令人不勝唏噓。

春天來臨時，只要聞到文旦柚的花香，總會想起童年宅院裡的文旦柚，想起先人打造家業的艱苦，引發淡淡的鄉愁。

生活小札

近百年麻豆埤頭老厝，歷經颱風，地震，水患的考驗，經多次整修，紅瓦白牆，風華依舊，屹立不搖。

在搶購人潮裡清醒

前幾天路過重慶南路。一家服飾公司正在進行清倉大拍賣。張貼醒目大海報。斗大的字體:「告別台北!」。

狹窄舖面,擠滿買服飾的客人。年輕力壯的店員手持麥克風,使盡力氣吆喝:「今天不買,明天一定後悔。」

他手裡揚著一件棉質 T 恤,大聲呼叫:「純棉 T 恤,高級休閒服,一件一百塊錢找一塊錢。」

禁不住價格低廉的誘惑,我擠進入潮,打算挑幾件中意的衣物。拿幾件衣服揉搓,質感滑順,棉質無疑。

挑幾件買下來吧!價錢實在很公道。這時突然想起去年夏天,做成衣的朋友,推銷庫存的體育服裝,買下兩打,分送給兒女之後,還剩下不少,再穿好幾年恐怕穿不完。

在嘈雜、紛亂,買氣旺盛的人潮中,突然清醒過來,理智的擠出服飾店。

不要擁有太多的東西,日子可以過得更清閒而自在。

別小看一塊錢

每天清晨在學校操場散步時，常常看到一塊錢銅板躺在操場上沒人撿，第二天依然沒人撿走。

今天早上收聽廣播時，南投國姓鄉農民，種植木瓜，因為價格慘跌，扣除成本，一個木瓜只能賺到一塊錢；卻不知道流淌多少汗水。

因為少了一塊錢，想起我搭客運公車不愉快的經驗。

去年秋天我終於等到可以搭優待票的資格，通常到新莊我投二十塊錢銅板到收現的櫃子裡。那天我只投了一個銅板進去。眼尖的司機問我：

「到那裡？你投多少錢？」

「到新莊，投十塊錢，我是優待票。」

我理直氣壯的回答，從口袋裡掏出預先準備的身份證影印本；可是司機連看也不看，表示他相信我屬老人的身份。卻刻意提高嗓門說：

「半票是十一塊，不是十塊。」

全車的旅客彷彿盯著我，覺得很疑惑：為什麼要逃那一塊錢。

本來我想反問司機，半票為什麼要多出一塊錢來？我盡量克制自己的情緒，從西褲口袋裡摸出一個回程時要用的另一個十塊錢銅板，很不甘願的投進錢櫃裡。第一次享受優待票的期待，卻因少投了一塊錢而掃興。

別小看一塊錢，必需派上用場時，就能減少誤會，少生
一點氣。

延宕的後果

去年夏天電腦程式 word 出狀況，好幾次文章打了一半，來不及存檔而當機，更使人懊惱。

打電話請教朋友，也不得要領，拖了半年，word 時好時壞，影響寫作情緒。一陣子改用稿紙以鋼筆書寫，恢復傳統「手工」撰文方式，寫了半輩子，實在有點厭倦，握起原來的鋼筆，感覺有點沈重起來。

三個月前女婿自告奮勇，幫我修電腦。結果他發現檔案裡存了一百多篇短文。他認為佔硬碟太多空間，就將全部短文拷貝在磁碟片上。結果問題依然沒有解決。

兩個月來，創作幾乎停擺，陷入低潮，既不想手寫，也懶得碰電腦。就這樣過了兩個月淡而無味的日子。

最近兒子買了新電腦，要求販賣的公司的工程師，幫我維修。將主機搬回去檢查，結果發現電腦中毒。工程師建議：清除全部資料，重新安裝啟動程式，以免不斷出狀況。

經過兩天維修，今天搬回主機，重新安裝啟動程式，詳細檢測，恢復正常。電腦軟體的故障，因為消極的拖延，造成寫作的困擾，終於順利化解。

日常生活中，經常遭逢一些小事，如果不立即設法及時解決而一再拖延，非但影響情緒，工作停滯，失落生活目標。

（登載於 2003.2.3 台灣新聞報西子灣副刊）

麻豆人愛讀冊

麻豆素以文旦聞名，近年來各地生產的文旦，想盡辦法促銷，企圖取代麻豆文旦的地位；可是麻豆人對外地的競爭似乎無動於衷，以高品質維持美譽。今年中秋節文旦依然供不應求。

麻豆自古以來文風鼎盛，人才輩出，薪傳文教的種苗。家長格外重視子女的教育，激勵下一代不斷求上進，培養麻豆人愛讀冊的風氣。

往昔一般小康之家，鼓勵子女就讀師範學校，非但享受公費待遇，又有就業保障。因此擔任教職者眾，可能是本省中小學教師最多的城鎮之一。就以現任中小學校長全省各地任職的就有五十人之多。

擔任司法官、律師、醫師、高考及任公職者人數也很可觀。碩士、博士更是人才濟濟，這都是愛讀冊，勤奮苦讀的成果。

麻豆就業機會不多，因此許多麻豆人在台北、高雄等大都會打拼出一番輝煌的事業。我們絕不會忘記自己就是：勤奮、刻苦、耐勞、自尊心強烈、絕不服輸的麻豆人。

麻豆人為什麼愛讀冊？民風淳樸是個重要因素。唯一的一條街道──興中路，找不出一家娛樂場所；電影館成為古蹟、酒家早就關門了，新潮的娛樂，無法在麻豆生根，街上還沒有棟裝置電梯的高樓大廈。這都說明麻豆人的保守，也

孕育了淳樸的社會風尚。

　　徜徉麻豆街道，彷彿走在五十年代的小鎮，洋溢著農業社會的悠閒，更無一處讓青少年流連的燈紅酒綠。回到書房去，讓讀冊成為最喜愛的休閒。

　　朋友！歡迎您到麻豆來。這裡有古蹟、全省最美的學府——曾文家商，毗鄰風光明媚的烏山頭水庫。規模宏大的宗教勝地——代天府。

　　營養豐富的酪梨，甘醇的苦子，都是本地新的土產，歡迎品嘗。還有麻豆人好客，也很愛面子，缺乏冒險犯難的精神，因此缺乏知名的大企業家。

（登載於 1991.10.14 中國時報寶島版）

用關愛眼神細細品味老照片

參觀「典藏艋舺歲月」有感

八十四年三月十五日下午,萬華火車站的走廊下,陸續湧來參觀「典藏艋舺歲月」的人潮,趕上展覽最後一天。

這次老照片的展出,對日趨沒落的台北西區,投入更多的關注。對許多懷古、念舊、疼惜、關愛艋舺的朋友,提供豐美的饗宴。呈現古早這地區原始純真的風貌、風俗習慣、甚至人的喜怒哀樂。這些珍貴的鏡頭、鮮活的敘述艋舺的繁榮、興盛,獨霸淡水河岸意氣風發的年代。

一對年長的夫婦,仔細端詳每一幅作品,從景物中,回溯幾十年前的老艋舺,他們不斷的交談,表情豐富。老婦人清癯的臉上,不時露出溫婉和藹的笑容。

出生於民國十五年的老先生戴著老花眼鏡,沈湎於古老的艋舺歲月,他感歎的說,往昔的人都很古意,思想也單純,我這個古早人,趕不上時代過日子啦。一位淡大同學王德明專注的抄寫每一幅照片的解說文字。他說因為喜歡這些照片,當然要了解內容,唯有抄寫下來,才能加深印象。他在鹿港長大,這些老照片和他故鄉的場景,有點相似的感覺。

一幀老松國小師生朝會時的照片,文字解說引發幾位年長者的爭議,圖片中在操場的建築物,其中一位長者說是「奉安庫」,其實不是,因為「奉安庫」一定嚴謹慎重的放在校長

室,並且由校長負責保管。庫裡珍藏一紙天皇陛下頒發的「教育勒語」。開學典禮或重要慶典,才能恭請出來,由校長恭敬誦讀。

一幀照片引起觀眾熱烈的討論,這是圖像展現與文字敘述功能明顯的差別。

這次展覽的另一項特色就是「夜不熄燈」,提供廿四小時的服務,滿足白天不能來參觀者的機會。

這次展覽,結合社區的資源,主辦單位投入無限人力、物力,從徵集照片,解讀考據照片的陌生人物、場景,那種辛勞艱困,恐非局外人能想像。翻相複製照片過程、場地布置、管理,都極為繁瑣、勞累。觀眾們的讚美及熱烈的掌聲,向參與工作的朋友們致謝及積極的鼓勵。

（登載於 1995.3.27 中國時報寶島版）

懷念那酸澀的歡樂

讀「翻攪台東銀河的雙賴家族」有感

　　拜讀林黎先生八十四年三月十八日刊登「翻攪台東銀河的雙賴家族」大作，想起民國四十二年至四十五年之間，筆者就讀師範學校的年代來。

　　「看電影」當時對一個青年學生來說，應該是最奢華的享受。記憶裡一張電影票，全票五塊錢。菜市場旁邊一家蓬來小館小碗牛肉麵一碗三塊錢。師範生副食費公費是每月一百四十塊錢。電影票價按物價來計算，應該不算貴；但一般同學還是捨不得花錢看電影。

　　看電影都是學校帶去看。利用下課以後，晚餐之前一段時間，教官帶隊，到離學校最近的「東台」戲院看。

　　戲院特別為四百個同學放映一場。看完電影，班長就向每個同學收一塊錢。

　　當時的電影幾乎是香港發行的片子，全屬黑白片。當紅的男影星嚴俊、陳厚。女影星李麗華、林黛、小野貓鍾情、學生情人林翠等，都是青年朋友的影迷。「東台」幾乎都放映國語片，「台東劇場」「太和戲院」，上演影片以洋片或日語片為主，票價比較貴。因此想看電影的同學都要精打細算，才購票進場。

　　我們班上有位同學是太和戲院老闆的親戚，有一次他邀

請幾位同學到太和戲院看電影。到戲院門口，叫我們到側門
等待。他進場後打開側門，要我們迅速進場。

四十年前的陳年往事，歷歷如繪。物資貧乏，經濟困頓
的日子裡，也有點酸澀的歡樂。

（登載於 1995.4.3 中國時報浮世繪版）

韓國婚禮

姪女下嫁韓國青年，參加在漢城的婚禮，見識韓國結婚禮儀，發現保留不少中國傳統文化。

禮堂布置

結婚禮堂借用政府機關的講堂，舞台中央布置一件精美刺繡——龍鳳屏風，象徵兩府聯姻的吉祥如意。

鮮麗的花籃布置在禮堂每個角落，喜氣洋洋，舞台旁邊掛著新郎新婦的姓名。

「新婦」就是我們稱謂的新娘，「新婦」就是我國古代的用法，韓國人保留下來。

仔細觀察花籃上的落款，致贈者姓名全是漢字，並沒有改成韓文。

隆重儀式

婚禮進行由柔美鋼琴演奏中，新郎挽著新婦緩緩進場，全場賓客報以熱烈掌聲。

男女雙方女主婚人，上台點燃禮堂上的蠟燭，燭光搖曳中，薪傳家族的理念，延續香火。

證婚人聘請崇高社會地位的名流擔任，以韓語發表，我們一句也聽不懂。

事後翻譯人員告知內容大要：

新郎很有福氣，能討到漢民族新婦為妻，希望能善加珍

惜，今後這對新人和睦相處，敬愛長輩，公婆以疼惜女兒的態度來對待新婦。

主婚人致詞約廿分鐘，婚禮即告完成，參加婚禮親友好幾百人；禮堂內氣氛隆重，充滿喜氣，時間更十分緊湊。

到賀的賓客，致贈的賀禮，都以「白包」裝置，就是簽名簿也是紙張考究、印刷精美的白色禮簿，這對我們崇尚紅色象徵吉利的習俗大異其趣。

賀禮通常不很豐厚，主人也以簡約餐點來招待賓客，把握不舖張、不浪費的務實原則舉辦婚宴。

傳統婚禮

韓國大戶人家，目前還保留傳統婚禮儀式，通常都在公開儀式之後，回到家裡再來一次家庭儀式。

韓國親家為了讓女方賓客，參觀這項儀式，在禮堂附近，借了大房間，秀了一場傳統婚禮，讓我們大開眼界。

新郎穿戴服飾彷彿停格在宋朝時光，即將上演一齣古裝戲碼，新婦的服裝，經常在媒體出現。

儀式遵循古禮進行，依輩份長幼，分別上座。新郎新婦行跪拜大禮，敬酒一杯，長輩親友贈「白包」乙份，贈給新婦作為見面禮。

這與我們閩南習俗中，娶媳婦進門之後的儀式相差不多，不同的是我們以茶代酒。

感念親恩

傳統婚禮的壓軸是新郎背負母親繞場一週的舉動，感念

母親廿多年來辛勤養育的恩典。

母親生平第一次被兒子背上，她臉上顯現出溫藹慈祥的笑靨，期許這一對新人，從此邁向幸福美滿的人生。

在場的親友，報以熱烈掌聲，為婚禮再度掀起一陣高潮。

韓國人將中國文化的精華、嚴謹保留下來。反觀我們：文化精粹卻逐漸流失，我們是否該深切省思，我們未來的走向？

（登載於 1996.7.3 新生報副刊）

文盲的淚水

　　早覺會裡有一位年長婦女，早年失學、中年喪偶。

　　她在台北果菜市場批發蔬菜為業，以勞力賺取利潤養家活口、拉拔兒女長大成人，分別讓兒女成家立業，她才退休回到她生長的林口。

　　在台北時曾經上過國小補習學校初級班，遷居林口後中斷了。我們鼓勵她報名參加補習學校，生活上更方便。

　　她打算今年學校開學重回學校「讀書」。她說不識字的確很痛苦。

　　有一次她兒子以她名下的房地產提供擔保向銀行貸款。保證人對保時必須親自簽名；但她不會寫自己名字，只好由她兒子抓住她的手簽名，簽出來的字體歪歪斜斜的。年輕的經理以很不屑的語氣說：「怎麼連自己的名字也不會寫？」

　　她生平沒受過這麼大的屈辱，十分氣憤。放棄向這家銀行貸款，改到別家銀行辦理。

　　事情過了好多年，她舊事重提，說到傷心處，眼眶紅起來，淚水滾落。

　　這位年長婦女對年輕經理的控訴，使我感觸良多。重男輕女的年代，女性接受教育的機會，剝奪殆盡。現在實施國民義務教育，受教機會均等不受歧視。

（1996.10.4 中時寶島版）

春日記事

湖南村的茶農林家，每年炒出第一道春茶，就會打電話來邀我們去品茗。

茶農六十幾歲，純樸忠厚，養了三個兒子，都已成家立業。

下午和妻到他們家去，主人與他的大兒子，立刻在客廳裡泡春茶待客，金黃色的茶液倒進精緻的白磁杯裡，屋子裡瀰漫茶香。

端起一杯，先讓嗅覺滿足茶香。

「果然好茶！」

由衷的讚美，主人的欣喜寫在臉上，今年春雨綿綿，難得好陽光曬茶，炒製茶葉成為痛的期待，這一次炒了一百多斤，已經賣得差不多了。

林家從種茶、採茶到製茶，都確實做到良好品質管制，每次參加比賽，幾乎都能得獎。

這次去看到牆上又多出一塊「特等獎」的匾額，其他的獎狀，整面牆都掛滿了，這些輝煌的成果，全家流淌汗水的成果。

林家兩個兒子結婚之後，搬離老家，到工廠上班，農忙時節，回老家協助父親炒製茶葉，維繫親情。

林家大兒子說：

「要不是父親老了，一個人沒辦法耕種茶園，又不肯放

棄，我早就到工廠上班了。」

主人啜了一口茶，淡然的說：

「茶園是祖先留下來的，我不能賣掉，不管時代怎麼變，只要有一塊地，子孫吃飽飯絕無問題。」

他回應兒子堅持種茶的理由。

鼠麵粿

清明節前一天，友人送來一包「鼠麵粿」，在菜市場很難買到的應節食物。

到了春天，山區到處都能發現鼠麵草頂著黃色小花在春風中搖曳。整棵摘回家，曬乾磨成細粉，混合成「粿胚」。以蝦米、菜脯米、炒肉丁製成餡，包進粿胞裡，放蒸籠裡蒸熟，就成為「鼠麵粿」，製作手續相當繁瑣。

下午妻建議泡一壺春茶，配鼠麵粿來點。她下廚房，以文火煎烤鼠麵粿；但不能燒焦。

放一張鋼琴 CD、一面泡茶，鼠麵粿端上桌來。悠揚的音符，裹著茶的香醇，就在屋子裡騰躍起來。

咬一口鼠麵粿，啜一口春茶，粿皮帶著滑嫩的草香、菜脯米也特別鮮美，加上甘醇的茶汁。

妻說：

「今天的下午茶夠浪漫吧！」

（登載於 1996.8.28 新生報副刊）

九霄雲外掛病號

客機在高空飛行，忽然傳出乘客宿疾發作，機艙內氣氛緊張，空服員動了起來……

搭乘長途飛機，途中發生緊急事故，如宿疾發作，情況危急，空服人員該如何應變？非親眼目睹，實在無法了解。先說說我一位親戚的經歷。

緊急降落
難撐十幾小時

十幾年前，我一位親戚從洛杉磯回台灣。

這位親戚本來就罹患有高血壓，但是家人無法抽空護送她回台灣，只是帶她到機場，送她上了飛機，連絡台北家人到機場接機。家人心想應該不會出什麼狀況。

飛機起飛兩個多小時後，這親戚高血壓的毛病發作了。因缺氧，呼吸變得十分急促。

空服人員獲悉後，立刻採取急救措施，先補充氧氣，情況稍微穩定下來；可是勉強撐十幾個小時飛回台北，恐怕有問題。機長立刻決定飛往檀香山國際機場，申請緊急降落。航空公司將她轉到當地醫院，終於挽救親戚寶貴一命。

當親戚從病房甦醒過來，才發現自己躺在病房裡，周遭的護士小姐都是洋人，十分訝異。她連一句英語也不會講，根本無法溝通。航空公司設法連絡她在洛杉磯的家人，請他們趕到檀香山去照料。

經過一番折騰，那班緊急降落的班機最後耽擱好幾個小時，才飛到目的地。

民國八十六年五月一日凌晨，我與家人搭乘華航班機，從紐約甘迺迪國際機場起飛，經安克拉治回台北。

機艙急救
廣播召來醫師

飛機起飛後，我翻閱著從台灣送上飛機的幾家晚報。十幾天沒看到自己國家的報紙，格外親切。

飛行時間過了兩個小時，突然看到一位中年乘客全身抖動，四肢抽搐得很厲害，咬牙切齒，表情極為痛苦；而且呼吸急促，口吐白沫，似乎情況危急。

我立刻通知空服員，她趕去提氧氣筒，並緊急通知座艙長。急救第一步就是供應氧氣，因為那時病人的臉色已經變成淡紫色，氧氣不足的話，後果更嚴重。

同一時間，機艙內廣播傳出：「各位女士、先生：我們乘客中有個人生病了。各位旅客中如果您是醫師，請到商務艙來救助病人。」廣播語氣不慌不忙，委婉懇切。

約五分鐘，一位年輕的男醫師出現了。他打開航空公司準備的急救箱，拿出聽診器診查病情，也量一下血壓、脈搏。

空服員在醫師指導下，按部就班地進行急救：繼續供應氧氣，擦拭他身上嘔吐出來的流體。一段時間後，病人的意識逐漸恢復，四肢抽搐的動作停了下來；醫師提問的問題，也都能一一回答。至此，病人的情緒總算穩定下來，驚恐、惶惑的表情也消失了。

目睹那一幕機艙中急救的場景，將病人從死亡邊緣搶救

回來，我至今仍餘悸猶存。

這位病人因為搶救得宜，飛機沒有在加拿大境內的機場申請緊急降落。飛到安克拉治之後，飛機必須加油，旅客全部要進入機場的過境大廳等候。

從紐約到安克拉治的飛機組員也在這裡換班，另一組人員上來，繼續飛回台北。

亦步亦趨

愛心高空蔓延

我在過境大廳發現已經恢復的病人，也在過境大廳的椅子上坐著。旁邊坐著參加急救的醫師，兩人有說有笑的，顯然他們成了好朋友。

擴音器廣播過境旅客登機，病人跟著眾人進入登機門時，醫師就跟在他後面，隨時保護。上飛機後，醫生換坐到病人附近，以備不時之需。

這位年輕的醫師，與病人萍水相逢，素昧平生。在航空公司的請求下，義務救助病患，有始有終。這種仁愛精神，在世風日下的現代社會裡，真是一股暖流。

現今國人旅遊的機會頻繁，在此奉勸年長或身體不適合搭長途行程的朋友，千萬不要單獨搭機，非但容易造成終身遺憾，也可能造成同機其他乘客的不便。

同時更要注意攜帶平時服用藥物，按時服用，控制病情。因為航空公司通常不能提供旅客內服的藥物。

祝各位旅途平安愉快！

（登載於 1997.7.25 聯合報繽紛版）

相機相愛永不悔

修相機修到與師傅成為好朋友;夜晚作夢夢到相機丟了;出遊相機不離身……這些「甜蜜」的負擔,是我癡迷相機的代價。

先說說跟相機結緣的開始吧——七年前社區舉辦郊遊活動,鄰居王先生拍攝一卷活動照片。色彩飽和艷麗,解析度高,大為傾慕。打聽之後,方知道他使用名牌電子相機拍攝。

用十年夠本了
當骨董把玩

後來參觀攝影器材展覽,在一個攤位上看到與鄰居王先生同一款的相機,按捺不住心動,當下決定用儲存的全部零用錢買下來,售價相當於當時一個月的薪水。

爾後陸續添購幾個鏡頭,認真玩起這架新相機。功能很多,卻沒有中文說明書。遭遇操作上的疑問,打電話請教業務員;但他只負責銷售,操作技術也不全部了解。問題無法解決時,只好向維修技術人員討教。

帶著這架相機參加紐澳旅行團,行程過了三分之二,寶貝相機就出狀況了。故障無法排除,面對紐西蘭好山好水,不能捕捉秀麗景點,留住行程中美好的鏡頭,徒留惋惜,心中後悔不已。

送修回來之後,狀況不斷,閃燈系統故障,換上整組零

件，索價可以購買一架日製的自動相機。

兩年前捲片系統出了大毛病，這時候德國原廠停產該款相機；經銷商說可以更換零件，但是必須送回原廠，維修費用則要修好以後才清楚。

經銷公司的技術人員，修我的相機修到變成朋友。他向我做了良心建議：

「使用將近十年的相機，也夠本了，應該報廢了。」

經過考慮，不再維修，只好送進防潮箱，準備當骨董供奉起來。不過，玩相機的癮早已養成，加上原先購買的鏡頭的性能好得沒話說，我決定再尋覓新的機身。

誰知找遍台北市相機行，卻沒有任何一種廠牌的機身可以裝配。時至如今，也只能把這些鏡頭偶爾從防潮箱拿出，把玩一番。這些「蔡司」鏡片磨製而成的鏡頭，提早退休，只剩莫可奈何的嘆息。

這些波折，只不過是我癡迷相機的一點小代價，其實有更多的考驗。

好個相機奴隸
體力大考驗

喜愛相機成癡，最「甜蜜」的負荷就是怕丟掉，於是習慣將相機背在身上，變成機不離身。

有一位專業攝影朋友駕吉普車南下高雄，將兩套相機裝備放在大背包裡。車子停在路旁，到商店裡買東西，來回時間不會超過十分鐘。回到車上時，車子的門被撬開，相機背包不見了。他傷心難過，除了財物損失之外，其中有一架相

機跟他十幾年，感情深厚。

因此我駕車外出時，不敢將相機留在車子裡，一定背在身上。朋友見狀，譏諷我是相機的奴隸，成為體能上的負擔。

前年夏天跟團去歐洲，與內人同行。我攜帶大小相機各一套，加上其他配備，大約是十二公斤。

到羅馬市區時，小心翼翼護衛相機，以防被搶。參觀景點時，都是步行的，以腳步丈量古城的巷道。一天下來，進了旅館，疲累不堪，躺在床上就呼呼大睡起來。

妻看我不勝負荷，就幫我背幾個鐘頭，減輕負擔。原本是一個人累，反倒變成兩個人一起累。

到巴黎夜遊時，路過艾菲爾鐵塔旁，明燦亮麗的夜景，十分難得。領隊准我們下去拍攝巴黎街道宏偉的地標，但限時五分鐘。因為整車的人，都累得想趕緊回旅館休息，還看什麼鐵塔夜景？五分鐘連架好腳架時間都不夠，怎麼使用 B 快門來拍夜景？

過去都認為拍攝好照片，一定非使用頂級名牌相機不可；然而看到一位大師級的攝影家，使用的相機居然是一架普通等級的伸縮鏡頭，拿來拍攝風景區美景。

這則報導，給我很大啟示：只要具備　的攝影知識、熟練的技巧、用心去拍攝，不一定要使用名牌昂貴相機，才可以拍出好作品。

不迷戀高檔貨
認真找題材

因此我告訴自己：別再迷戀高檔相機　盡辦法，花費

昂貴的代價購買、擁有，攝影技術卻沒有提升。

有了愈多器材，愈擔心失落，承受更多壓力，經常在睡夢中夢到遺落相機，等到醒時，才又吁了一口大氣。擁有這麼多名貴相機，除了癡之外，一點都不快樂。

現在我明確地體認到：今後絕不再添購相機，有生之年，能以現有的器材，認真專心拍攝那些想拍卻一直還沒拍的題材，吾願足矣！

其實，攝影比文字的描寫更具吸引力，具體影像更有說服力：如人物的表情、秀麗的風景、宏偉的建築、大自然的變化、動物的生態、植物世界的多彩多姿，都是文字無法表達的。這也是我癡迷攝影及其器材的原因。

只是我的兒女都不喜歡玩相機，總有吾道也孤的感覺，看樣子將來只好把這些骨董送給孫子去玩弄了。

（登載於 1998.2.10 聯合報繽紛版）

領隊難為

這次學校舉辦高三學生畢業旅行，師生近七百人，分乘十六輛大遊覽車，形成大車隊，浩浩蕩蕩南下。身為領隊，擔負大團體成員平安快樂，心理壓力沉重，卻不能表露出來。

意外令人心驚

第一天到南部一處遊樂區，學生們玩得很開心。車隊繼續往南，趕到墾丁去。

中途一部遊覽車遭卡車撞及。第一次回報消息。

車子被撞得很嚴重。聞訊，情緒緊繃，擔心那輛車師生的安全，不知道有沒有人受傷？

繼續以無線電連絡：遊覽車擋風玻璃破裂，車體遭創，但司機、師生都無大礙。

警方立刻趕來處理，對方卡車司機無照駕駛，技術不夠熟練。遊覽車公司立刻調度另一部遊覽車，替代受創車輛，繼續南下。

夜宿恆春街上一家飯店。學生們第一次聚集在小房間裡，情緒亢奮，幾乎都不想睡覺。

為了防止溜到街上，行政同仁、教官分批守住飯店唯一的大門，過了凌晨，統統不准外出。

外出理由都是肚子餓了、上街吃消夜，有的要買電池、飲料、藥物，理由很多。

到凌晨兩點鐘，還有學生探頭探腦，蠢蠢欲動，找機會溜出去。

過了兩點半，守夜同仁還沒撤退，想外出的那批學生，見大勢已去，只好乖乖回房間就寢，飯店歸於沉靜。同仁撤崗，回房間就寢。

陸續三個晚上下來，行政同仁、教官、導師，大約睡十個鐘頭。睡眠不足，就在搭遊覽車時「補眠」了。

用餐如臨大敵

一天中午在恆春街上一家專門承接大團體的餐廳用午餐。擺餐桌一百五十桌，同時可容納一千五百人用餐。

為了避開校際之間學生的衝突，旅行社事先要求：我校學生單獨用餐，可是我們到達時，大餐廳裡，同時有三所學校學生同時到達用餐。餐廳老闆沒有遵守諾言，害得接辦旅遊業務的負責人，如臨大敵，不敢讓學生下車用餐。因為他曾經遭遇慘痛經驗：

兩所學校學生因為用餐細故引發衝突，打起群架，處理很棘手，喪失旅遊歡愉氣氛。

為了防止意外，餐廳採取三所學校做了區隔，不讓不同學校做直接接觸。

那頓飯我們都必須提高警覺、觀察我校七十桌學生的動靜，以致難以下嚥，勉強扒幾口飯，卻是食不知味。

等學生全部安然進了遊覽車，一顆七上八下的心才安定下來。

在恆春的第二天，一名學生發高燒，達攝氏三十九度，

送到當地醫院掛急診，打針吃藥，溫度才恢復正常；但有一個學生，到草嶺以後，高燒不退，校護為她量體溫，攝氏三十八點五度。

天已經黑沉沉，山區霧多，飯店雖然備好車輛，可以送到竹山就診；但山路彎曲，視線不良，中途如果發生交通事故，後果不堪設想。

校護經過降溫的處理，讓她多休息。天亮以後才專車送到醫院掛急診。等我們中午車隊經竹山時，接回學校。

草嶺是觀光地區，竟然沒有任何醫療機構，對旅遊客人很不方便。

海岸守護者

學生到墾丁貓鼻頭海岸遊憩時，看到碧藍海岸，海水拍擊岩石，激起雪白浪花。聆聽宏亮的濤音，興奮不已。

學生們紛紛以大海為背景，攝影留念。護士小姐送學生急診時，聽到貓鼻頭風景區在我們到達的前一天，曾有穿高跟鞋學生，不慎跌倒，跌斷雙腳。家長不同意在屏東就醫，只好連夜雇專車送回北部就醫。

這個消息使我們更緊張，又不能宣佈。導師們認為我們有點小題大作，為什麼搞得大家緊張兮兮的？

嚴格禁止學生接近大海，包括老師也不能太接近。後來告知他們昨天的情況，方認同防範過當的措施。

帶學生校外教學時，規勸女學生別穿高跟鞋。

回程經高雄，車隊經海底隧道到旗津海岸。現場沙灘雖圍築鐵絲網，卻有一處缺口。為了防止學生下海玩水，禁絕

進入。因為那裡曾經發生溺水事故。

　　整個車隊順利回到學校，學生平安回到家裡，我們的畢業旅行，畫下完美句點。特別感謝總管業務的訓導主任、教官、各班導師，努力辛勞的付出。學校董事長全程關懷，使大隊人馬順利成行。筆者也解除幾天來恐懼戒慎的心情獲得紓解。

（登載於 2000.3.26 中華日報副刊）

台北城之憶 讀書種子

民國四十五年，當時立法院院長的張道藩在重慶南路書店街，開辦中興文藝圖書館。

民國四十八年筆者就讀師大夜間部，放假時最好的休閒就是逛書局，以看書來消遣，不必花錢，又可以增進知識；但必須站著看，久站則體力不支。

後來發現「中興文藝圖書館」，可以坐在館內享受閱讀的樂趣。館藏書籍大部份屬於文學，藝術類，僅限於館內借閱。

從書卡中查出借閱書籍，連同借書證交給服務人員，借出書籍，找個板凳空位坐下來，在柔和暈黃燈光下，閱讀心愛的書籍，書頁裡飄出淡淡的書香。心靈深處感受無比的幸福。偶爾從馬路上傳來一兩聲汽車啦叭，館內唯有翻書輕微聲音，靜謐的空間裡，一群熱愛文藝的讀者們專注閱讀。

就學期間，狂熱閱讀名家作品，滿足飢渴的求知慾望。中興文藝圖書館適時提供需求，使萌芽的文學種子有了充足養分，一路走來，臨老孤獨時也不會寂寞。

（登載於 2001.2.11 中國時報人間副刊）

別拿相片亂送人

清晨路過公園旁的垃圾子母車，看到一個中年男人從垃圾車裡翻出一個匾額：以紅色書寫「如意」兩字，筆力蒼勁。上款是某某兄華廈落成誌慶，落款則是某某敬賀。

匾額主人不知道什麼理由丟棄。想起我早年喜歡將攝影作品亂送人的毛病。

冷靜撿討，深覺可笑

一樣送人兩樣情　那廂石沉大海　這廂深情珍藏

十年前到澳洲、紐西蘭旅遊，背負笨重攝影器材，拍攝許多照片，其中精華就是沒有污染的紐西蘭的湖光山色，將寧靜純樸的風貌停格於底片帶回來。沖印放大十四吋風景相片，加框裱褙，自我欣賞之餘，自以為名家，陶醉不已。南返麻豆故鄉，挑其中精品送一幅給表叔，他看看照片說：

「拍得很好。」

我瀏覽他家寬敞大客廳的牆壁懸掛匾額都是名流題贈，掛得滿滿的。我有點後悔：送相片給他顯然是多餘的。

後來再度造訪表叔，牆壁上看不到我的「傑作」，因為實在沒有空間來張掛。當然我也不好意思問相片的下落。

一位老同事整修房子，她是虔誠基督徒，送她一幅基督城一所古老教堂照片，她非常珍惜，掛在客廳九年之久。去年她們買了新房子，告訴我教堂老相片要掛在新房子。聽了

好感動,又送一幅巴黎聖母院大教堂給她們,她誠摯的說:
「這是最珍貴的禮物,我們很喜愛。」

枯木大作美歸美 鄰居客廳高掛 不合風水沉埋

十五年前與同事以五天行程完成「能高越嶺」,以雙腳丈量橫貫台灣的山野,開始時的背包重量是十六公斤。除了必要裝備,又塞進兩部相機。

沿途拍攝許多高山景觀。雄偉壯麗的山巒,變幻莫測的雲影,一望無際的翠綠森林。踩在柔軟松針上,野百合沿途吹奏喇叭,散發淡雅香味歡迎我們。雖然疲累,心靈恬靜,暫時擺脫世俗的羈絆。

相片沖印出來,其中一幅枯木非常出色:澄澈藍天為背景,兩棵巨大枯木樹上適時飄來兩朵白雲,,樹葉落盡,只剩下光禿禿的枝幹挺立路旁,樹上適時飄來兩朵白雲,構成一幅美妙風景。放大裱框起來,自我欣賞一番,後來被鄰居發現,表明他很喜歡,就送給他。

掛在他們家客廳好一陣子,後來鄰居一個略懂風水的朋友說了一句:

「客廳裡最好掛具有生命力的圖片,掛枯木不太合適。」

我的「傑作」從此消失。因此送人相片還要顧慮其他條件,送錯了,不討人喜歡,還自討沒趣。

不是知音不贈人 喜有么兒捧場 樂為孫子掌鏡

我在歐美各國拍回來相片,么兒頗為喜歡。他要一幅日本「瀨戶大橋」相片掛在新家客廳。

　他的朋友新居落成時，就向我要風景相片送人。他先後要過「巴黎艾飛爾鐵塔」夜景、美國「尼加拉瀑佈」、紐約「勝利女神」彫像。

　么兒告訴我，拿到相片的人都很喜歡。當然我無法查證是不是真的。現在不景氣，么兒回家索取相片送朋友，省下一筆禮金倒是真的。至於他的朋友不想張掛相片，放進垃圾袋裡，就不必掛慮了。

　今後除非真正賞識我的攝影作品，真正的「知音」，真誠喜愛，才會考慮送人。

　現在我成為孫子「專屬攝影師」，很有系統拍下他成長的過程，留下他每個階段的影像紀錄。等到周歲時，燒錄成光碟，作長久紀念。

　只要我拿起像機，九個月大的孫子，已經會擺姿態，臉上露出笑容，可愛極了。這時就是攝影最快樂歡愉的時光。

（登載於 2001.12.24 聯合報繽紛版）

超級解說員

　　民國九十一年三月十五日清晨的六時廿分，我們搭小火車從阿里山到祝山站，氣溫攝氏九度。

　　鋒面過境，十四日下了一場雨，天氣灰濛濛的，不一定會看得到日出；祝山上聚集上千的遊客，期盼觀賞日出奇景。

　　一位壯碩粗獷的中年男人站在高處，手持麥克風，向一大群遊客解說，以濃濃的台灣國語發音，語調輕鬆幽默，吸引好百名遊客。他以問答形式與遊客互動。

　　「各位到祝山幹什麼？」

　　「看日出。」

　　「有沒有帶相機來？」

　　「有！」

　　「日出鏡頭怎麼拍？先講單眼相機、快門調二百五十分之一，光圈調十一。不要問我為什麼？拍到珍貴鏡頭最重要。」

　　部分遊客認真調相機。他又吼起來：

　　「自動相機怎麼調？」

　　遊客們靜默下來，等待他的答案。

　　「不用調，為什麼？」

　　他自問自答：

　　「因為沒辦法調。」

　　現場爆出熱烈的笑聲，驅趕山頭冷凜的天候。

　　他又介紹阿里山的特色：

「現在我們站在位置，天氣晴朗時，可以遠眺超過三千公尺的高峰，全台灣共一百座，這裡就能看到十三座，包括最高峰玉山。」

他又介紹阿里山的特產：櫻花果與小楊桃，以生動有趣的小故事，敘述特產神奇的療效。不管你相不相信，讓遊客們在冷寂的清晨，開懷大笑，撩撥亢奮情緒，本事不小。

日出預定時間六時卅分，時間逼近，秀姑山方向的天際沒有一點動靜，看不到日出前絢爛的霞光。

他依然滔滔不絕的解說，突然遊客提問：

「今天看得到日出嗎？」

他又講了一則故事：

「曾經有位阿巴桑先後到阿里山看日出，結果有沒有看到？」

「沒有，為什麼？太陽不肯露臉，表示很高貴，沒有虔敬的心，根本看不到。阿巴桑很洩氣，雖然看不到日出，但對觀光事業已經有了貢獻。」

遊客笑聲結束時，他做了結論：

「今天看不到日出，沒關係，帶點阿里山名產回家，不虛此行。為了服務各位貴賓，我們公司在各位後面擺了攤位，今天以特價優待各位，歡迎選購。」

遊客們逐漸散去，對這位超級解說員的丰采、口才印象深刻。

（登載於 2002.4.4 中國時報人間副刊）

小熊走了！

我對於養狗一直沒興趣，因為小時候曾經被狗咬過，到現在左小腿還留有狗的齒痕。民國八十年夏天，么兒退伍，和他姊姊合資買一條小狗，出生三個月的柴犬，模樣很可愛。命名小熊，既然買回來，只好認了。

么兒說：怕我們兩老太寂寞，養狗好做伴。

剛開始時么兒負責照料，後來他搬離老家，照顧責任就落在我和妻身上，三餐餵狗飼料，定時幫牠洗澡，平靜家居生活，多一點忙碌。

滿周歲時，帶去鄉下散步，不小心跌落山谷，坡度陡峭，牠無法爬到路上來。向附近農友借一條大繩，一頭綁在大樹上，另一頭綁在腰部，緩緩下山谷，一手抱緊牠，安全脫離險境。從那次經驗，我不隨門便帶出去散步。

牠是一條懶狗，我居住的巷子裡的住戶一共養了六條狗，不管晝夜，只要有什麼動靜，狗兒就會狂吠不已，只有我家小熊保持緘默，安靜聆聽狗伴們賣力演出。牠的聽覺極為敏銳，以汽車引擎迴轉速度，即可判斷有家人回家，興奮的吠個不停，前腳跳躍迎接家人。

成犬後值發情期，處心積慮逃跑出去，私會母狗，徹夜在外頭鬼混。天亮時神情憔悴，疲憊不堪回家。

通常禁止牠外出，唯恐在外面闖禍，咬傷了鄰居，為了狗事傷了和氣。因此找機會溜出去，是牠安逸生活中唯一的

刺激。

　　兩年前夏天，我們離家兩天，託鄰居代為照顧。趁人不注意時，偷偷溜出去，右前腳遭車輛輾斷。送到動物醫院求診，將斷掉骨頭接好。

　　驗血結果患了心絲血蟲病，只要打麻醉針，狗兒立刻斃命。只好放棄開刀接骨手術，服消炎止痛劑。從此小熊變成破相的三腳狗，行走時，右前腳懸在空中搖晃，壞了牠英挺俊俏的模樣，牠變得沈悶而憂鬱。

　　半年前孫子滿周歲時，因過敏醫師建議家裡最好不要養貓狗等寵物，為了孫子健康，只好限制小熊活動空間，將牠禁閉於後院角落，多年來牠可以在前後院來去自如，逍遙自在。這樣的改變，形同囚禁，對牠的打擊更大。情非得已的措施，最疼惜牠的么兒，只有放假回家時，帶牠出去放風，抒解鬱悶的心情。

　　小熊走的前兩天，么兒回家，帶牠出去散步，只走了五步，就走不動了。腹部腫大。么兒說小熊恐怕不行了，以幽怨悽迷的眼神看人。

　　8月5日晚餐特別為牠準備牠最喜愛的排骨泡稀飯，卻成為牠最後的晚餐。8月6日晚上牠悄悄的走了。

　　嚴密包裹好牠的屍體，交給動物醫院轉焚化場處理，超過十五公斤者索價新台幣參仟五百元，牠過磅結果重達十九公斤。

　　妻特別叮嚀，要我默念：下輩子投胎到富貴人家，別再當狗狗了，狗命是很苦的。

　　我從車子行李箱抱牠出來時，猶有溫熱的感覺，沒向牠說再見，以後也不想再養狗，一輩子養一條就夠了。

　　牠雖走了 3 星期，晚飯後就是替牠準備飼料的時刻，總會情不自禁的走到後院角落，遍尋不著晚年臃腫的身影，悵然若失，畢竟我們朝夕相處 4015 天。

　　　　　　　　　　　（登載於 2002.10.6 中華日報副刊）

最貼心的服務

大門口兩棵南洋杉已經二十幾年歷史，成長快速，因而每隔一段時日，就把樹梢鋸斷，以免颱風來時，被風吹垮。

本來都由筆者親自登上梯子鋸樹，三年前妻禁絕我從事這項危險工作，以免發生意外。

三年來樹頂已經超越越路燈電線高度，颱風一來，總是提心吊膽的，恐怕打斷電線。熬過今年颱風季節，南洋杉依然屹立不搖。

妻委託鄰居謝君幫我們鋸樹，他答應了；但一直很忙碌，找不出時間來鋸樹。

妻一直惦記著這件大事。

巷道的路燈壞掉好幾天了，今天早上鄉公所派兩位同仁，駕一部升降工程車來更換燈泡。他們工作完成即將離開時，妻突然想到利用工程車來鋸樹最妥當了。懇切提出要求：

「能不能拜託你們鋸樹？」

他們很爽快答應，把工程車開到我家大門口，操作升降梯，到鋸樹的高度，以鋸子鋸斷南洋杉的頂端，耗時十五分鐘。

如果沒有工程車的協助，一定要耗費二個鐘頭以上，並且爬上高梯鋸樹，也很危險。

工作完成時，妻忙著泡兩杯熱茶請他們喝。他們婉拒了，趕去做下個預定行程的工作。

　　工作同仁之一的曾先生告訴我：

　　「我們工務課負責維修馬路，路燈，鋸樹工作，不是我的業務。下次你可以到農業課申請，就會派人來鋸樹。如果枝葉太多，清運不方便，也可以打電話請清潔隊派車來運走。」

　　樹梢鋸斷，大門口的光線明亮起來，冬颱南瑪都襲台前夕，南洋杉碰觸電線的顧慮也解除了。感謝鄉公所同仁提供最窩心的，額外便民服務。

同名同姓趣事多

同事開玩笑問我什麼時候當了私立女中的校長，這位女校長則常被人問是否有文章見報；說來說去，這都是同名同姓的緣故，你叫一聲「陳文榮」，我們兩人都會回頭啦！

台灣到底有多少人與我同姓同名，沒有正式統計；但從網站上查，就有四百多筆資料，雖然有部分是重複的，數量還是很可觀。

同門師弟成就高

一面之緣　相見歡

我自己曾遇到幾位同姓同名的朋友：

我的小學老師莊老師，民國八十二年擔任一家公司董事長時，說要介紹一個也叫陳文榮的學生與我認識。他比我年輕，苦學出身、創業有成，在老師的邀約下，兩人於一家西餐廳見面。我和他算是同門師兄弟，老師的用意是要我們在事業上有合作機會。

師弟說當時他看到報載，好多人都叫陳文榮，他已經申請改名。那一餐飯，師兄弟爭著付帳，因為他的收入豐厚，老師裁決，由師弟請客。

十一年來偶爾想起改了名字的學弟，叨擾他一頓豐盛的西餐，一直想找個機會回請他；但莊老師退休後離開台北，難得有見面機會。

雖然只是一面之緣，沒有留下深刻印象，依然惦念這位曾經同名的師弟。

久仰大名久矣

因名結識　同名更有他人

我在一所私立高中任職時，學校準備印製學生畢業證書，印刷廠送來一批他校的畢業證書做參考，其中一張某私立女中的畢業證書樣張，校長署名「陳文榮」三個字。

同事還開我玩笑：「什麼時候跑去私立女中當校長？」

民國八十八年，有一天參加教育部主辦的「課程改進說明會」，這位陳文榮校長也參加，經熟識朋友介紹，兩個陳文榮終於在會場碰面。

這位女校長可能是眾多陳文榮中少數的女士，溫文儒雅，具教育工作者特有的氣質。

見了面，她第一句話就說：

「您就是常在報刊寫文章的陳文榮吧？」「是的。」

「您每有文章見報，學校同仁都會問我，是不是我寫的。告訴他們不是，他們總是不相信，今天終於看到作者本人了。」

最近為了寫這篇文章和她連絡，她已從服務的學校退休，又告訴我一則陳文榮的故事。她說：

「小學五年級時，代表學校參加國語文競賽，胸前掛著名牌。一位老師帶比賽選手，看到我的名牌，十分訝異地問我：「小朋友，妳叫陳文榮嗎？」

「是的。」

「我也叫陳文榮，是 XX 國小校長。」

她說，小學時代就與同姓同名的人相遇，感覺十分奇妙。

請問你是哪一人？

舞文弄題　您是哪一人？

今年剛過完年，我因腸胃不舒服，到醫院求診，現場掛號的序號為四十八號。

到達候診室時才看到二十幾號。等了半個鐘頭左右，突然聽到護士小姐開門喊：

「陳文榮先生請進。」

我等得很無聊，正在偏遠的角落打瞌睡，突然聽到護士小姐叫喊，大為振奮，立刻答：「有！」

意識清醒之後，有點懷疑自己掛四十八號，怎麼可能提前？進入候診室已經有人先我一步坐在醫師對面。

護士小姐看我唐突進入，問我：

「先生！有什麼事嗎？」

「我叫陳文榮。」遞上 IC 健保卡，證明我的身分。醫師以病歷號碼查證，結果發現又是同名之誤，我迅速退出，心中頻呼巧合。

也曾在文章發表後，意外得知，寫文章的陳文榮可能還不只我一人，想來，陳文榮這名字，還真的頗受歡迎呢。

（登載於 2004.2.24 聯合報繽紛版）

老親家 有意思

弟媳父親屬百歲人瑞；但行事風格卻很新潮。超強記憶力，奇裝異服，樂觀幽默，養生之道，求知欲等，都值得後生晚輩學習。

我工作室牆上掛朋友送的一幅草體字，草得一般人無法辨認。有一天弟弟陪親家來訪。看到牆上那幅劉禹錫作品「陋室銘」。讚不絕口：

「寫得一手好字。」

搖頭晃腦吟誦起來：「山不在高，有仙則名。水不在深，有龍則靈。」一口氣背誦到孔子云何陋之有為止。一氣呵成，以難得聽到熟練流暢的古音吟誦，陶醉於抑揚頓挫優美的文學世界。

童年他曾經進私塾，跟漢文先生學四書，也背誦不少古文，事隔多年，猶能背誦，超強記憶，不是一般人所能及。

老親家對我家五兄弟名字都記得很清楚，只要一見面，就能親切、慈藹打招呼，叫出我們的名字來。

他身材高瘦，留一頭灰白長髮，鼻樑高挺，膚色紅潤。行動迅速，反應敏捷，走路抬頭挺胸，精神奕奕。

他出門時的大禮服標準配備是：花色鮮艷襯衫，結醒目領帶，頭戴童子軍圓盤帽，飾以遊覽世界各國紀念章。

筆者兒女婚嫁時，邀請他參加喜宴，他成為最受注目的貴賓。有的親友往往要求與他合影留念。

　　有一次他從新莊搭公車到台北。上了公車，已經沒有座位。一位年輕的學生誤以為他是洋人，讓座給他。以生澀的英語說：「Set down Plese！」

　　他說：「多謝你！我是台灣人，講台語嘛也通。」

　　他精通台、日、國語，略通英語。他經常往來美國洛杉磯，在飛機上就以帶有濃濃日語腔調的英語，與空服員聊天，排除長途旅程的寂寞。

　　他對強身之道沒什麼獨特見解，只強調要有恆心。年輕時曾拜名的修習國術，底子深厚。曾經受聘為機關的國術教練。開訓之前義正詞嚴告誡學員說：

　　「練國術主要目的是為了健身、防身、絕對不能欺壓弱小。維護公理、正義是我們的天職。」

　　他只要站著，就不會讓身體閒著。他站在原地練功。以單腳立地增強體力，維持身體平衡。

　　他說：「鍛練身體是一輩子的事，不可中斷，也不必再乎別人的看法。」

　　親友們對他養生之道十分好奇，如果跟他共餐，就能發現他對食物要求清淡，簡單，容易消化即可。正餐通常是一碗粥，但粥一定要拌白醋，配幾碟小菜。不抽煙，不喝酒，連茶也不喝，只喝白開水。

　　身為大家長，晚輩們難免會有些紛爭。有人向他投訴時，總以年紀大，耳朵聽不見來回應，放棄擔任仲裁角色，不偏袒任何一方，使紛爭不致於擴大。

　　久而久之，沒人來投訴，他落得清閒，自在，不必為家

務而心煩。原來的紛爭，就由當事者自行解決。

　　到晚年他的「物欲」降到冰點，日常用品由兒媳供應無缺之外，不再買東西。他認為人只要沒有貪念，就可以減少憂煩。不要做出對不起別人的事，就不必擔心別人的報復，心中就沒有罣礙。這是他對「寡欲清心」所作的註解。

（登載於 2000.5.10 中華日報副刊）

五股水碓公園賞月

中秋夜晚，如果找不到理想登高賞月的景點，歡迎到水碓公園來。五股鄉公所最近才整建完成公園遊憩措施。平整步道，騎乘腳踏車專用道，涼亭，木製座椅。供遊客散步，慢跑，騎腳踏車等活動。三條步道建有階梯相連，越往高處，視野更開闊。更是觀賞大台北夜色的絕佳地點。

當夜幕低垂，都會區的燈火紛紛亮起，將夜色妝扮得璀璨絢麗。圓山飯店華麗的屋頂，新光三越大樓塔尖，散發柔和光暈，隱約可見。高速公路的燈光，串成亮麗的明珠，在夜空裡閃爍。奔馳於公路上的車輛，車燈亮起，尾燈拖曳著鮮紅的光澤，為夜色增添幾分嫵媚。

中秋夜的主角—月姑娘從繁華都會區上空羞答答的露臉了。珍惜一年一度的浪漫時刻。享受半山腰寧謐氣氛，遠離滾滾紅塵。

循公路上山，開車不到十分鐘，可抵朝宗公園。毗鄰林口台地，視野更為開闊。此地屬私人產業，平常夜間不開放，一年當中僅中秋及國慶日夜晚開放。想到朝宗公園參觀朋友請把握機會。白天每天清晨四時到下午六每天開放，供遊客參觀。

旅遊指南

從五股鄉成泰路段憲兵學校左側，成都川菜館與弘興超

市之間小路，遇叉路走左邊上山，約八分鐘，抵公園停車場。但僅能停二十部汽車，徒步上山，可減少停車困擾。駕車上山，路面狹窄而陡峭，宜小心駕駛。

　　從朝宗公園也可到達林口粉寮路，但路面狹窄，又沒有路燈照明，路況不熟朋友還是原路回家較為安全。

　　　　　　　　　（登載於 1999.9.9 自由時報旅遊版）

建造老人樂園
蘆庵老人一心圓夢

位於蘆洲市的功學社教育用品公司創辦人謝敬禮先生，民國六十五年決定淡出企業經營，交給第二代接棒。此後他成立「功學社關係企業社會福利基金會」。

他於蘆竹鄉購得一片山坡地，闢建「臥龍岡森林遊樂區」，供青少年朋友騎馬、射箭、烤肉、露營，成為喜愛戶外活動者的樂園。謝先生這些年來全心投入臥龍崗的營建，自號（蘆庵老人）。民國八十四年因園區缺水，挖掘深水井時，附近居民因為不了解他的用心而強烈抗議，當時他很沮喪：為了經營臥龍岡，每年必須挹注新台幣一百萬元以上，沒想到卻被居民誤解。

那年與他結婚五十多年的太太‧純純女士病故，他十分哀傷，恩愛扶持半世紀，突然失去老伴，他深感生命無常：一定要好好把握人生最後時光，及時完成他的夢想。他以愛妻「純純」的名義，捐贈一部中型巴士給蘆洲市公所，做為交通車，供市民搭乘。

他決定重新臥龍岡荒廢將近一年，整頓修建一座「健康老人樂園」，開放給年長朋友健身、休閒園地。人們辛勤工作一輩子，但願老來能快樂自在的生活，他自己是老人，最能

瞭解老人的需求。

經兩年營造，因區內設立多項遊憩設備：快樂列車，悠然茶坊、三輪車、槌球、鎮山關刀、長春林、哲學小道等，為年長朋友做貼心設計。

自來水問題困擾蘆庵老人多年，最近也可以接通了，正式營運之後，‧只要年滿六十五歲的老人，遠離都會區的水泥叢林：讓人忘卻熙攘的滾滾紅塵。在這裡聆聽鳥鳴啾啾，看藍天裡白雲悠悠，吸幾口青翠林蔭裡鮮潔的空氣，投入大自然的懷抱，老人家自然樂開懷。

活動中心也在籌建中。落成後興建毗鄰林口竹林山觀音寺的「樟士輪」健康老人樂園相結合，提供給老人們座談、交誼、休閒的場地。活動中心周圍空地上，遍植樟樹，清新的氣息格外適合老年人休憩、散步。

蘆庵老人自奉甚儉，性情開朗而豁達，在相伴多年的妻子往生後，全心投入老人福利事業，不遺餘力。他到處奔走，身體更健康：經常動腦筋，思考能力超越常人，他說這是上天給他的福報。今年雖已八十八歲高齡，蘆庵老人精矍鑠，身體硬朗，猶能揮舞關刀。盡情享受人生最後的喜樂。讓天下老人都能身、心、靈健康，就是他最大的快樂。

（登載於 2000.5.6 中國時報浮世繪版 快樂老先覺）

存來的學費更珍貴

開學快一星期了，補校電子科高三學生李宏偉卻沒有返校註冊。導師王老師對這位品學兼優，性情溫和的孩子，沒有返校上課，覺得很訝異。

經電話連繫，學生說儲存的零用錢不夠，沒辦法辦理註冊。請求能否暫緩幾天。

王老師要他第二天就返校辦理註冊，不足部分以分期付款方式繳註冊費。李宏偉第二天晚上果然返校，說明原委。

他家擺麵攤子，景氣不好，生意差很多。光靠父母親和他三個人經營麵攤，開學時準備五萬錢子女學費，實在很困難。父親要他休學，讓弟妹們先完成國中學業，明年再復學。

他向父親苦苦哀求、協商，提出解決問題方案。每天收攤時，抽出一點零用錢，由他自己儲存保管，放在塑膠袋裡。一共湊足新台幣一萬塊錢。

他把錢掏出來，五十塊錢銅板、紙幣，還有一百塊錢的。鈔票上都因沾滿油污而發亮。臉上顯現扭捏不安的表情，不好意思拿小鈔辦理註冊。

王老師從皮夾裡掏出十張千元大鈔換下小鈔，讓他去辦公室完成手續。分期付款手續，已經幫他事先辦妥。李宏偉再三向導師道謝。工老師殷切勉勵他：「順利完成學業，畢業後盡力推荐你到電子公司上班，分擔一點家計。」

王老師對李宏偉的際遇，頗多感觸。家境清苦學生，珍

惜就學機會,力爭上游。有些家境富裕的學生,卻不肯用功學習。

（登載於 2000.2.21 聯合報家庭婦女版）

狗事二帖

業務員的辛酸

保險公司業務員來收款前先來電話，約定時間，最後他語氣懇切提出要求。

他說：「伯伯！你們家隔壁那條狗好兇，能不能關起來。」

「好的，沒問題，放心來吧！」

妻平常幫忙餵鄰居那條狗——小寶，十分聽話，叫牠進狗籠裡，給關起來。碰見陌生人，總會狂吠一陣子，甚至出現攻擊的行動。

年輕業務員來了，沒有狗的騷擾，顯得輕鬆自在。收好支票，再三表示感謝。他說去年長褲被狗咬破，幸虧沒咬到皮肉，時隔一年，餘悸猶存。

我問他：「怎麼那麼怕狗咬？」

「其實我不真正怕狗，而是怕丟掉工作。」

我很好奇，被狗咬怎麼會丟掉工作？

「最近公司裁員，降低營運成本，如果被狗咬，得了破傷風，請假住院治療，擔心會被公司辭退，丟掉飯碗。現在景氣不好，工作難找，萬一失業的話，情況很嚴重。」

他道出滿腹辛酸與無奈。這時手機鈴聲響起，他必須立刻趕到下個客戶家裡收保險費。妻叮嚀他：

「明年來收保險費時，先打電話來，一定要求鄰居先把狗關起來。」

　　我們多麼期盼景氣趕快復甦，增加更多工作機會，免除連請病假都有顧慮。

都是小黑惹的禍

　　鄰居謝家養了一條小狗，長一身烏黑亮麗的毛髮，管牠叫「小黑」。牠動作敏捷，長得很健壯，卻經常惹事生非。只要陌生人經過我們這條巷道，牠就狂吠不停。每天大清早，送報生來送報，牠緊追不捨。連續幾個小朋友被牠追著跑，幾乎嚇破膽。但沒人真的被咬過，所以也沒有人對謝家強烈抗議過。

　　前天黃昏時，林媽媽出來倒垃圾，「小黑」在她的小腿上狠狠咬一口，很深的齒痕，滲出殷紅血水來。「小黑」惹禍，引發鄰居太太們群情激憤，要求謝家出面善後。謝太太出面向林媽媽當面道歉：「我們大人也不想養狗，孩子們喜歡，沒想到造成困擾，甚至受到傷害，很抱歉。」謝太太主動要求帶林媽媽到醫院去療傷。林媽媽婉拒，自己就醫；但要求謝家，加強管理，以免有人再受到傷害。

　　當晚謝家將「小黑」以鐵鍊拴在庭院裡，限制牠的活動範圍，作為牠傷人的懲罰。平時牠逍遙自在慣了，一時禁錮起來，徹夜呻吟，不定時的狂吠，擾人清夢。

　　起床後找謝家理論。謝先生向我道歉，無奈的說：「放開來，擔心牠又咬傷人，晚上拴起來牠叫個不停。我也不知該怎麼辦？」「晚上等大家都入睡，把牠放開，白天拴起來，也許可以解決問題。」他欣然同意我的做法。

　　自此，小黑白天關起來，不再惹事生非，大家相安無事。

　　　　　　　　（登載於 2005.5.25 中華日報副刊）

走出健康——

邱阿化與擎天崗牛群

陽明山國家公園內的擎天崗原來名子叫「大嶺卡」或「牛埔」。清朝末年,這裡就是魚杭古道及挑磺古道必經要道。滿山遍野的芒草成為天然牧場。農友在這裡代人管理放牧牛隻。

日治時期,西元 1916 年的調查統計,管理放牧人員七人,牛隻總數達 652 隻。

西元 1934 年,成立台北州大嶺卡牧場,面積達 1000 甲。牛隻多達 2600 頭。這是牧場的高峰期,盛極一時。

台灣光復後,民國三十八年,國民政府撤退來台,當時耕牛依然農田耕作主力,擎天崗牧場由陽明山管理局農會代管牛隻業務。

民國四十一年邱阿化,農會以技術員職務任用,負責擎天崗牧場管理工作。當時他僅二十四歲,開始守護牛群一生的歲月。

他接管牛隻二百多頭,到了民國四十五年,耕牛寄養達到台灣光復後牧牛最多時期,達六百六十多頭,分為三個牧場,雇用六人,協助管理。

每年三月,農民將耕牛徒步牽到擎天崗牧場報到。除附近牛隻,也有台北縣鄉鎮:三重,五股蘆洲,新莊,萬里等。

徒步牽牛走四個鐘頭，非常辛苦。

委託放牧代價是：每一頭牛每月稻穀一石，以時價折現金繳交農會。到十月底，將寄養耕牛牽回家避開擎天岡凜列的寒冬。寄養期間，農民必須使用耕牛時，隨時都可以牽回家。

進入牧場後，將牛繩拆卸下來，恢復自由身，徜徉遼闊的青青草原。飼主將牛隻放到草原裡，牽回家時，怎麼辨認呢？

牛隻進牧場，牧夫登錄後，他就可以辨認每一頭牛是那一家的。要求牽回時，輕易從牛群中找出。其中訣竅就是分區管理，每區當中，牛群又會成群結團，黨派林立。如有其他牛隻，想混進去，就會受到攻擊。

擎天岡牧場因陽明山管理局裁撤併入台北市農會負責管理。後來台灣產業劇變化，工商業蓬勃發展，北部地區農田面積快速萎縮，加上農業機械化的結果，耕牛數量逐年減少，最後退出農耕的舞台。到民國八十二年邱阿化屆齡退休時，牧場牛隻剩下七十多頭，不必擔負耕田責任；卻成為草原景觀區的要角。

因為民國七十四年，成立陽明山國家公園，擎天岡全部畫入公園範圍，成為景觀特殊的草原景觀區。

多年來遼闊的原野就是良好的牧場，國家公園分區圍籬，讓牛群在限制範圍內啃食青草。牠們成為天然割草機，草原上的類地毯草修剪得很平整。使草原變得平坦而柔軟，如舖設綠色的絨毯，尤其春天來臨時，一望無際的翠綠原野，

吸引無數遊客，躺臥其間，形成獨特美麗的景觀。

邱阿化說：「草原如果沒有了牛群，看牛只有到動物園才看得到。草原不出一年，芒草立刻攻佔草原，景觀變化很大。他肯定牧牛對草原景觀所做的貢獻。

他將一生最可貴的青春歲月，與牛群共度，他無怨無悔，雖然離職七年，依然忘不了往昔自由自在，不必簽到，打卡的日子，每天從他住的「山豬湖」，帶一個飯盒循魚路古道，經絹絲瀑佈，到他有水無電的事務所上班。到牧場和牛群打招呼，看看有沒有狀況？萬一牛隻生病，聯絡獸醫來治療。牛死了，通知飼主見證，用人力挖掘洞穴，就地掩埋。

早期擎天岡很荒涼，遊客稀少，幸虧國軍弟兄駐守，無形中也幫了牧場的忙。他管理期間，牛隻從來沒被偷走過。

寄養牛隻極少部份沒有馴化的，管理時危機四伏：有一頭公牛，接近牠，打算套上牛繩時，獸性發作，憤怒狂奔，以堅實牛角牴人。年輕手腳靈活的邱阿化閃到一棵樹的後面，及時化解危機。牛將樹撞斜了，牠卻四腳朝天。

在他記憶裡，最深刻的一次危機就是：一頭野性強烈曾經攻擊過人紀錄的公牛逃出牧場，沿著陽金公路往市區逃奔。

邱阿化緊張不已。趕緊向芝山岩派出所報案，同時聯絡飼主，飼主也十分恐慌，同意任憑警方處理。

這頭如同出柙的猛虎萬一狂奔於市區，不知有多少人受到傷害？警方採取斷然緊急措施，請求陽明山駐軍部隊出動，於現在國安局附近攔截到那頭牛，現場擊斃，化解一場後果不勘想像的危機。

　　邱阿化感念牧場除了提供工作機會，養家活口之外，四十一年來，每年七個月，天天健行到牧場上班，每天來回最少走五公里。就是後來開闢戰備道，汽機車暢行無阻，他依然堅持每天走路上班，直到退休為止。概算他走過的路程最少走了三萬五千公里。現在他已七十多歲高齡，少有病痛，精神飽滿，證明健康是走出來。

　　現在他照顧一爿雜貨店，自己當老板。閒暇種植蔬菜，怡然自得。筆者為他拍照時，展現他的豐碩成果，拿一個特大的番薯，臉上漾著滿足幸福的表情。

　　　　　　（登載於 2000.12.9 中國時報 36 版浮世繪版）

藺草袋再生

今年三月南返祭祖時，順便造訪後壁鄉墨林村，參觀「墨林農村文物館」。該館成立之前，館舍是私人的住宅。

日治時期在地執業的梁耀明醫師開設「重仁診所」，村民敬稱他為「菁寮醫生」。公元 2000 年，墨林村長殷獻政先生為了保存農村的文化資產，經協調梁醫師子嗣，並在其協助下，將當年四合院居所、診所成立「墨林農村文物館」，展出梁醫師使用過的醫療器材，以及早年藍染、藺草編織的農具。

藍染即以山藍當染料之意，山藍又名馬藍，大菁，清朝時期北部山區：草山（陽明山）、三峽地區大量種植。南部後壁菁寮地區也栽種面積很大，聚落就以「菁寮」命名。當時台灣全島製成藍靛做為染料外銷，增加農民收入。

台灣光復後，墨林村由菁寮村分出，另外成立一村。

後來化學染料取代人工種植的山藍，全台山藍逐漸消失。近年來北，中，南地區又造成以山藍染布，裁製人工藍染衣物，崇尚自然風潮。

菁寮、墨林村民也開始種植山藍，以藍染為原料，染製布料，裁製衣物，從事藝術創作，恢復菁寮往昔大菁的風華。

村長夫人為我們解說時，特別指著一個橢圓形大石輪，問我作何用途？我回答是壓榨甘庶用的。

答案是壓扁三角藺草用的，晒乾後編織各種置物袋，展覽室中，展出好多個設計精巧成品。

　　殷夫人說台灣光復初期，菁寮、墨林村的婦女，以三角藺草編織袋子做為副業，增加收入。塑膠袋的使用普遍後，藺草袋遭到淘汰，在市場上消失了。

　　地球暖化致氣溫逐漸升高，環保問題受到全世界的重視，具有環保概念的藺草袋大受歡迎。

　　殷夫人尋求村裡頭志工們復育三角藺草，採收後晒乾，拿到文物館以石輪壓扁，請早年曾經編織草袋，現在當了阿嬤的長輩來教導年輕的婦女們，做得有聲有色。

　　藺草袋在我們童年留有深刻的印象，統稱為「茭（上竹下折）」，用途廣泛：上市場買魚肉、蔬果，拿「茭（上竹下折）」裝盛，不怕水份浸潤，晒乾可以重覆使用。光復初期農村國小學童，以「茭（上竹下折）」當書包，堅固耐用。直到輕便的塑膠成品出來，「茭（上竹下折）」逐漸消失。

　　目前墨林村民以藺草編織的成品，除實用的提袋之外，也製作工藝品，如充當吊飾的金魚、扇子、盤子等，手工精巧，作品樸實無華。

　　農村面臨農民老化、農地減少、收益減少等衝擊，菁寮、墨林村民從傳統手工藝尋找農村經濟的重生，再創契機，精神令人感佩。

（中華副刊　2009.6.14）

難忘驚悸的年初二

春節是國人最期盼的日子，家人團聚，喜氣洋洋，闔家歡樂的日子。

每逢春節，總會想起二十年前的除夕夜，打電話回老家，父親告知我母親氣喘發作。正月初一清晨父親來電：母親病情嚴重，決定和妻子即刻南下，載母親北上就醫，因為她北上時，都在長庚醫院看病。

九時從林口出發，高速公路塞車情況嚴重，平均時速約30公里，到台南老家已經下午五點了。母親看我們平安回到老家，神情愉悅，寬心不少，可走說話時依然喘得很厲害。妻即刻準備母親簡單行李，打算天一亮，即刻動身北上。

年初二清晨三時起床，四時五十分出發，高速公路車輛稀少，車行順暢。妻坐在後座，照料母親，我專心開車，仍然擔心母親病情。

當時高速公路最高時速80公里，為急救母親，車速時速飆到100公里以上。萬一被交警攔下，只好說明病人的緊急狀況，負有（救護車）的使命。

我專心開車，卻擔心母親萬一有了緊急狀況，該怎麼急救？妻勸我開車不能分心，安全最重要，母親交給她負責照料。

中途沒休息，七時二十分抵達林口，那趟行程耗時二個半鐘頭，打破過去的記錄。母親堅持春節過年期間不願住院，

回到家中療養；但到下午病情未見好轉，她勉強同意到長庚醫院就診。

因為病情嚴重，負責診療醫師建議她住院。母親還是不同意，只好掛著點滴，拿藥回家服用。

我兒女輪流專心照顧阿嬤，病情才逐漸有了起色。

時隔多年；然而春節期間，開車奔馳於高速公路，驚悸的旅程，歷歷如繪，難以忘懷。

我母親一生勞累，養育眾多兒女。老年體弱多病，氣喘一發作，苦不堪言。

母親往生多年，現在我也步入老年，必須注重養生保健，少病痛，但願健康，樂活，減少兒女的負擔，家人平安健康乃新春最大願望。

（青年副刊發表 2013.2.11-年初二）

額外的服務

　　日前到加油站加油時，孫子打開油箱蓋，因為太用力把彈簧夾給弄斷了，蓋子掉了下來。加完油後，蓋子勉強裝回去，擔心它會再掉下來，遂至汽車修護廠檢修，老闆說要找零件更換，才能修復，於是我們先返家。車子停在社區的巷道裡，後車燈遭到鄰居家裝廚具、開小貨車的工人撞毀，行李箱也撞凹了一個小洞。廚具公司老闆爽快答應理賠，車子開到保養場估價，鈑金部分無法打折，車燈則使用二手貨，可以省下三千元。開車的工人剛退伍不久，還沒收入就闖了禍。

　　車子修好後，隔天開去加油時，小心翼翼打開油箱蓋子，才發現它已被修好了；我打電話向年輕老闆道謝，他很客氣地說：「小故障，只是順便維修，應該的！」

　　車子當天送修估價時，油箱蓋的故障並未包括在內，老闆卻主動修復，是額外的服務，事後他也沒有張揚，真是難能可貴。

（青年日報副刊 2012.2.13）

餵鳥

一星期來都是陰冷潮濕的天氣，幾天前打開大門，發現一隻類似班鳩的小鳥，在院子裡低著頭來回尋覓，應該是肚子餓了，正在找食物吃。氣溫驟降，小蟲都躲起來了，野鳥找不食物，只好到地面上，碰碰運氣。

打開大門，小鳥迅速飛到高大的南洋杉樹上，隱藏起來。

氣溫又下降了，小鳥在樹上凍得受不了，夜晚躲進陽台下等待回收的紙箱裡。

前天早晨看牠從紙箱裡跑出來，飛到樹上去。昨天晚上，挖了一湯匙米飯，放在陽台下的茶几上。牠肚子餓的話，應該會來吃米粒吧！

昨天一起床，聽廣播說陽明山鞍部下起冰霰，我家庭院下降到攝氏 6 度。

檢視茶几上的米粒，吃得精光，旁邊還留下一堆排泄物，證明是小鳥來吃掉米粒的。

昨晚又在茶几上放一點米飯，充當小鳥的晚餐。今天一大早起床，太陽露臉了。看米粒吃掉一半，可能數量放多了，一次吃不完吧！

溫煦的陽光照射大地，氣溫也回升了，排除幾天來陰冷沈鬱的天候。惦念的小鳥不會挨餓受凍，心情不禁愉悅開朗起來。

（中華刊 2011.2.25）

幫小忙得喜樂

上星期日清晨六點多，我騎機車準備到公園散步。鄰居阿坤站在巷子口東張西望，神色慌張。互道早安後他直截了當的問：

「陳先生？你的車呢？」

「停在那邊，什麼事？」

「我的車子電瓶沒電了，開你的車幫我發動引擎好嗎？」

「好的，沒問題。」

我把車子開過去，他太太與女兒焦慮的等待著。女兒到台北參加重要集會，就讀學校規定不能遲到。打開引擎蓋，以電線串聯兩部車的電瓶，我重新起動引擎，阿坤同時啟動。

他的車子也發動了，阿坤家三張臉顯現愉悅輕鬆的笑容。車子緩緩起動時，不停的向我揮手，表達謝意。

今天早上六時五十五分，我騎機車經過公園停車場時，突然聽到有人叫喊：

「喂！喂！停車！」

聲音急促，我緊急煞車，仔細一看：原來是老朋友阿振，背著槌球的球具，走路一拐一拐的，因膝蓋退化，走路速度很慢。

「拜託載我去中湖頭搭遊覽車，還剩四分鐘。」

平常我不喜歡騎機車載人，但阿振在趕時間，爽快答應。

他們今天搭遊覽車到板橋參加比賽，七時出發，他擔心

遲到，讓大家等他一個人。他坐在機車後座，聽他說：

「我運氣不錯，碰見貴人，否則要我走路，鐵定趕不上。」

只有八百公尺左右就能到達集合地點；然而對走路不方便，又趕時間的朋友來說，卻是遙不可及路程。

我們到達時，車子還沒開走，他從容下了機車，很吃力的走上遊覽車。我聽他連續說「謝謝！」說了五次。

我以最快速度載送他到達目的地，他對我的幫忙，十分感激。

日常生活中，盡力幫助需要幫助的人，事成之後，內心裡充滿喜樂。※

（更生日報副刊　2012.11.16）

與鏢客過招

下午三點鐘左右我們夫婦兩人一進入森林遊樂區的大門，一對看起來忠厚的中年男女跟上來，緊追不捨跟著我們。

我們進入視聽館看遊樂區簡介，他們也跟進去。三十分鐘後，他們又跟出來，陪伴我們遊園。

邊走邊聊，先打聽我的行業，之後介紹他自己：娓娓道出他的工作，因搬運貨物，扭傷而造成椎間盤突出，痛得幾乎不能走路，經早年一位當兵好友的父親是一位經驗豐富的中醫師，經他治療，病情才好轉。他以祖傳秘方醫好很多椎間盤突出的病人。

他滔滔不絕的自我介紹，又提到他們這次來的目的，就是來購買乙隻難得的野生大鹿茸，浸泡藥酒，給他母親服用。她罹患多年的氣喘，每逢冬天就發作，痛苦不堪。

當兵的朋友特別留下乙支野生水鹿的鹿角，因為水鹿列為保育動物，不能獵捕。除非熟識的朋友，否則不敢賣。

他又生動描述雄水鹿在中央山脈十幾個人圍捕時驚險場面，體形龐大壯碩的雄鹿，十幾年難得一見。生長在高海拔山區，以樹葉，野草為食物，藥效比人工飼養的效果好幾十倍。

為了保育水鹿，鋸掉鹿角後，又把牠放生了。他又提到女兒免疫力差，鼻子過敏嚴重，服用野生鹿茸，症狀好很多。

偶爾他妻子插幾句話，證明她丈夫是一個孝順母親的兒

子，疼愛兒女的父親，體貼妻子的好丈夫。

兩人一搭一唱，把老中醫，秘方，鹿茸成為醫療百病的神醫；然而很可惜，老中醫出國旅遊去了，不在家。他的好朋友忙著自己的事業，祖傳秘方的業務歸媳婦管理。

我妻與那女的邊走邊聊天時，透露出么兒常因腰酸背疼所苦，在醫院做復健，效果不彰。

森林遊樂區繞一圈，天色已經暗下來，回到大門口，準備搭計程車回旅社。男的說：

「搭我的車吧！反正順路，我送你們回去。」

一臉的誠摯，不好意思拒絕。上了車，沒多久，女的向我太太建議：

「等一會經過朋友的家，跟我們一起去拿藥，再送你們回旅社好了。」

坐上了便車，有點後悔，想下車，如果他不肯停車，事情恐怕就很難想像，既然上車只好隨機應變了。

我還沒有回應，準備開車的男人的又補充一句：

「去看看沒關係，不一定要買藥。」

車子到了一間民房，進到布置得很雅致的客廳，中年女主人泡一壺好茶待客，屋子裡瀰漫著茶香。

男的先介紹我們夫婦倆，是他們剛認識的好朋友，順道進來拜訪。

女主人先說：

「你們訂購的藥酒泡好，再放三個月再喝，效果更好。吩咐要的鹿角幫你留下一支，另外一支，昨天就賣掉了，剩

下這支，早上有人來買，我不敢賣，已經打電話通知你來，不能讓你空跑一趟。」

女主人先搬出一個透明玻璃甕，能看到浸泡的藥材，包含一帖祖傳秘方，加半斤野生鹿茸，價值新台幣陸萬塊錢，好朋友優惠價只要五萬塊錢。男的慫恿我：

「這藥酒真的很神奇，我母親去年服用一罐，今年氣喘很少發作，陳先生如果需要的話，先讓給你。」

「我搭車不方便。」女主人立刻說：

「我會用木箱包裝妥當，寄快遞，罐子保證一定不會破。」

我搖搖頭，婉拒了藥酒，因為我一向就不相信秘方。

女主人又到房子裡搬出一支鹿角，長約二尺，分叉繁複。切割處還滲出鮮紅的血水。她說：

「好幾年沒見過這麼大支的野生鹿角，因為山區管制嚴格，冒險捕捉水鹿，切割鹿角，被逮到的話，還得坐牢。買的客人沒有熟人介紹，我也不敢賣。價格比去年貴一點，一支要十五萬。」

她很神祕的又把鹿角收起來。同行的女人向我妻提出建議：

「妳兒子腰酸背痛，服野生鹿茸效果最好，本來我們要買一整支的，一半讓售給你們沒關係啦！」

妻說：

「我們身上也沒那麼多錢。」

「叫我先生載妳們去提款好了。」

為了脫身，離開現場，我當機立斷的說：

「那就拜託你載我們去街上提款吧！」

車子開到熱鬧的街上，找到一家郵局，我要妻也一起下車。他車子停在路旁等待。我走了郵局提款機，佯裝提款，我按的是餘額查詢。提款單出來時，我走到車子旁邊，告訴他：

「我的存款不到八萬塊錢，鹿茸買不成了，下次有機會再買吧！」

中年男人露出無奈又失望的神情，猛踩汽車油門，加快速度離去。

妻一臉疑惑，問我：

「野生鹿茸藥效那麼神奇，怎麼不買下來。」

「不是野生的，人工飼養的，價格也沒那麼貴。我們遇到鏢客了。」

走回旅社的路上，向妻說明什麼叫「鏢客」。

我們慶幸喝茶時，沒有喝到下迷魂藥的茶汁，遭到毒害，否則恐怕連家也回不了。

（更生日報副刊 2012-02-01）

溫馨的營區

　　筆者在民國四十二年，就讀臺東師範時，隔了一條排水溝，就是一座軍營，屬後勤單位。放假時只要跳過排水溝，輕易就進入營區。在寢室裡可以消磨一整天，學校收假前，回學校，參加晚點名。營房裡的阿兵哥幾乎都與我熟識，負責軍營大門口的衛兵勤務。他們都是從大陸撤退來台士兵，把我當成他們的小老弟一般的照顧，疼惜。為什麼對我特別眷顧，或許彼此有緣吧！假日部隊加菜時，找我到營房裡大快朵頤。紅燒得香噴噴的豬肉，裝在鋁盆裡，泛著溫潤的油光，令人食指大動。當時師範生伙食費每個月只有新臺幣四十塊錢，想吃一頓紅燒肉，可不容易。飽餐一頓紅燒肉，滿足平時缺乏油水滋潤的腸胃。

　　吃飽飯，回到寢室裡，只要床舖有空位，就可以躺下去睡個舒服的午覺。他們床舖上墊著一床軍毯，被單潔白乾淨，睡起來柔軟舒適，比起我們睡的木板通舖舒服多了。

　　阿兵哥縱容我這個小弟在他們營房裡自由活動，從來沒人干涉，對我的疼惜，猶如弟兄一般。

　　當時各地戲院每星期日早晨，一定要加演一場免費電影慰勞士官兵。事先發給各部隊勞軍電影票，拿到票就可進場看電影。遇到好片子，阿兵哥們邀我同行。手持電影票，混在阿兵哥行列裡，夾帶進場。看了好多場電影，從來沒被阻擋過。當時看電影乃部隊士兵重要的休閒活動。家裡寄給我的零用錢有限，不可能買票進場看電影，冒充阿兵哥，倒是看了好多場免費勞軍電影。

有一次發餉的日子，剛好碰到星期日，好幾個阿兵哥相約上台東中華路鬧區茶館「快樂林」喝茶，邀我一起去，這是我生平第一遭。

到了二樓，燈光明亮，窗明几淨，環境幽雅。每人都點了一杯茶，名叫香片。大玻璃杯裡浮著幾片茶葉及幾朵白色小花。掀開蓋子，氤氳的水氣裡，飄散淡淡的花香。

第一次喝茶，學大家模樣，端起杯子啜飲一口，杯子剛放下，突然看到信能格老師陪著他的朋友從樓梯走上來，嚇出一身冷汗。信老師教過我們教育概論的課程。他對學生管教特別嚴格，萬一他發現我涉足茶館，提報訓導處，後果嚴重。

輕聲告訴鄰座阿兵哥說：「我的老師來了，我先走。」

快速走下樓梯，趕緊回學校。事後他們笑我膽子太小，快樂林不是不良場所，否則他們也不會帶我進去。從此以後，我不敢跟他們進出公共場所，以免招惹是非。

家鄉台南隔著高聳的中央山脈，除了寒暑假，不可能回家。每天黃昏，心靈孤寂時，湧現陣陣的鄉愁，焦慮而苦悶。軍營暫時取代家的地位，純樸憨厚的阿兵哥們則成為我的兄長，他們為我默默付出，別無所求，成為人世間最珍貴的友情。

民國四十五年夏天，師範學校畢業，回到家鄉任教，難得回到臺東，與阿兵哥們失去連絡；但我永遠銘記到軍營裡度假那段歡樂時光，他們呵護關照我的恩寵。

（青年副刊 2007/04/08）

愛跑步的狗

前幾天清晨八點多，我們夫婦倆在觀音山風管所附近散步後，坐在涼亭內休息。

一位中年山友騎腳踏車帶著一條黃色的土狗上山，體型瘦長，極為健壯，討人喜歡。狗兒喘得很厲害，原來是跟隨主人以 10 公里時速經凌雲路跑到山上來。

山友涂君說：只要不下大雨，一定騎車出門，經常從新莊經新五路，循凌雲路上觀音山，全程 17 公里。訓練半年下來，小黃體能達到高峰，隨著主人腳踏車輪胎的滾動，富有節奏的踏出穩健步伐，跑到山上，大約要一小時四十分鐘，現在變成一條跑步跑上癮的狗。

每天清晨他從家裡拉出腳踏車，牠就興致勃勃的跟著出門。跑了幾個月下來，路非常熟識，現在就跑在前面帶路。跑累了，停下來休息，倒水讓牠喝足，牠才肯繼續往前跑。有時下大雨，主人不想出門騎車，狗兒就會在家的大門口狂吠，好像催促他趕緊出門似的。

夫婦兩人都很愛狗，當成家裡成員來疼惜。天氣炎熱，下山時，他太太特地騎機車上山帶牠下山，以免狗兒太勞累。

小黃很聰明，到山區活動時，必定在看得到主人範圍內活動，觀察主人動靜。

到山上休息時只要聽到機車馬達聲，小黃就急著找女主人，狂奔出去，往往找錯人。牠期待女主人帶來可口早餐，

可以飽餐一頓飯，就可以下山回家了。

昨天早上，跟涂君聊小黃的故事時，他太太果然騎機車來了，狗兒立刻跳上機車踏板，向女主人撒嬌。怕牠餓壞了，帶了一鍋早餐上山，白飯再加點雞胸肉，相當豐盛。

涂君說：「這條狗一年半前，騎車經過觀音山區，一窩小狗七隻，棄養在路旁，我挑了這一條，放在背包裡帶回家，養到現在有一年半了，小黃跟著我們，算是很有緣份，感情濃厚。」

今天早上為了看：往八里的路旁一棵老樹，涂君說帶我們去。他踩著腳踏車衝上斜坡，我開車跟在他後面，擔心小黃是否跟上來。從後照鏡裡看牠邁開腳步，緊跟在我們後面。

到達目的地，看到土地公廟後面一棵楠樹，枝幹壯碩，樹葉繁茂，已有一百多年的歷史。

不多久，小黃也趕到了，氣喘噓噓的，沒有跟丟。涂君說：

「只要到陌生的地方，牠都會提高警覺，觀察主人的動作，不必叫牠，就會主動跟上來，默契很好。」

小黃很幸運到愛狗人家，否則淪為流浪狗，不可能長得那麼健美，練得跑山路的好功夫，過著幸福、快樂的日子。

如果能辦狗兒跑步競賽，小黃必定可以獲得優勝的成績。

（中華副刊　2010.7.3）

團聚心情和你們一起過年

好友伯昌和玉芬兩夫婦在北部工作，每年除夕都要返南部老家團圓，但玉芬是基督徒，為了不願拿香祭拜問題，常惹得婆婆不高興。

連續好幾年，孩子都出生了，回老家過年成為玉芬可怕的夢魘。有一年，兩個小叔看到嫂子無端挨罵，實在看不下去，便勸老媽，不應該那樣對待嫂嫂，母子吵成一團，除夕夜不歡而散。

為了減少婆媳之間的衝突，伯昌想出一個辦法：避開除夕返老家過年，初一再帶妻兒回老家。住一個晚上，初二開車載一家大小到各風景區旅遊，婆媳之間緊張關係自然緩和許多。

六年前，伯昌的父親往生，他母親堅持不願與兒、媳同住，守在老家冷清的宅院，成為獨居老人。八十幾歲的老人免不了有小病痛，伯昌退休後，常回老家陪伴母親。現在玉芬也退休了，兒子結婚後，她升格當婆婆。去年中，伯昌接母親來他們家小住，她欣然同意。

玉芬天天陪婆婆散步、聊天、上菜市場、逛百貨公司。婆婆的心境有了一百八十度的轉變，讓玉芬感受到她慈祥、和善的一面。

有一天伯昌外出，婆媳兩人在客廳聊天，婆婆問玉芬：「阿芬！以前我對你很不好，妳會恨我嗎？」

「媽！那麼久的事情我全忘了。」

「以前不知道信耶穌基督是不拿香的，後來聽人家說才知道。當時伯昌也沒有跟我講清楚，我以為妳故意跟我作對，才不願意祭拜祖先的。」

玉芬與婆婆三十年來，因為宗教信仰不同造成的誤會，現在終於化解了。婆婆主動提出要求：「今年過年，我來台北和你們一起過，好不好？」

「當然好啊！免得兄弟們南北奔波。」

現在玉芬也開始學習當婆婆，與媳婦做良好的溝通，避免因誤會而造成不必要的心結。

（聯合報家版 2007/02/15）

鄉情

少小離鄉，臨老懷鄉之情，與日俱增，每年颱風季節，對老宅安危、園子裡的果樹，是否安然無恙，惦念不已。宗親、長輩們凋零殆盡，陪我們成長的玩伴，垂垂老矣！兄弟分居各地，聚少離多，每次聚首，格外珍惜。

老宅

颱風季節來時，嘉南平原近年來水患頻繁，麻豆地區去年淹了三次水，我家老宅位於低窪地區的埤頭里，常遭水患之苦。

筆者老宅是先曾祖父所建，屋齡約 90 年，傳統閩南式建築。建屋時先人為了防患淹水，特別墊高地基，多年來屋內從無淹水紀錄。

去年（民國 94 年），水災特別嚴重，埤頭村落全村住戶幾乎都淹了水，唯獨堂叔三合院百年老宅地基最高，水沒淹到屋內。我家老宅地面則滲入一點水，近 90 年來首次淹水紀錄。感念先祖的遠見，為後代子孫建造一座平安居住的宅子。

屋頂紅瓦因年代久遠而漏水，附近幾個村落裡只剩下一個能修紅瓦屋頂的老師傅，他說：

「紅瓦工廠都停工了，以後恐怕也找不到紅瓦來修補了。」

五兄弟分居各地，老宅沒人居住，平時委託元和叔代為照料，家鄉任何與我家有關的訊息，都會通知我們。

父母先後往生後，每逢年節必須祭拜祖先，以分爐方式

將祖先神主牌位請到北部，老宅大廳供奉神佛、祖先神主牌位保持原貌。弟妹們回到老宅，留住家族信仰中心，才不會有悵然若失的感覺。

果園

老宅周圍留有空地，早年祖父種植以白柚、文旦為主。日治時期，文旦樹下借給日軍騎兵部隊養馬，十幾匹壯碩的馬匹，在樹下待過一段時日。日軍曾經抱我騎到馬背上，嚇出一身冷汗。

據父親說那一年文旦收成少了許多，因為馬匹綁在樹下，經常搖晃，影響開花結果。在那年代，向誰求償？

台灣光復後日子過得很苦，父親留下全部文旦樹，砍除高大蓮霧、楊桃等不值錢的果樹，闢為菜園，種植番薯、花椰菜。番薯當主食，葉子當菜餚，花椰菜收成後挑去市場販售。

每年中秋節前後採收的文旦可以賣得好價錢，增加一點收入。後來這些文旦樹因病蟲害紛紛枯死，只好砍除。父親又種上新果苗，卻因排水不良，無法存活。

父親退休時新品種的芒果－－愛文，很受歡迎，價格不錯，他大量種植，開始幾年成果不錯，後因疏於管理，芒果就長不出來了。

父親又種了一棵酪梨，成長快速。有一年暑假返鄉，酪梨成熟了，摘下好幾十粒營養豐富的酪梨分贈親友。

現在果園裡還有棗子、楊桃、番石榴、龍眼等果樹，從來不施肥，吸收泥地裡的養分，居然枝葉茂盛，隨時序更替，

開花結果；更令人讚嘆者：各種果實甜美溫潤，享用時對果樹抱有些微的歉意哩！

宋江陣

幾年前春天，兄弟相約南返掃墓，兄弟姐妹回麻豆老家住一晚。里長是我小學同學，邀我們當晚參觀埤頭里宋江陣操練，預備參加麻豆代天府進香時藝陣遊行表演。

天黑後我們到達永安宮廟埕，熟識的朋友白髮皤皤，體力大不如前，無法進場的退居二線擔任鑼鼓手，年輕力壯成員全不認識了。

舉頭旗的朋友算是宋江陣的開路先鋒，身體壯碩，操練時揮動頭旗，身手矯健，虎虎生風，活力十足。我們報以熱烈掌聲，頻頻叫好。

里長說：「村子裡的年輕人都到都市求發展，能出來練宋江陣的人不多，我們這些老人們，等敲鑼打鼓都不行時，宋江陣人數恐怕湊不起來了。」

里長不勝唏噓，擔心宋江陣後繼無人的窘境。他說：

「咱們庄頭宋江陣自古早就很有名氣，前清時代陳家祖先有五人中過武秀才，開武館授徒，名氣很大。」

里長也是筆者宗親，我們兄弟少小離家，難得參加村落裡的聚會，看完宋江陣的操演，聽里長一席話，心境也沈重起來。

（中華副刊　2006.9.5）

貼心 才能留住客人

今天下午到一家規模龐大的服裝公司買休閒褲。一位年輕的小姐，她帶我去合乎條件的專櫃，挑出合乎我身材的規格來。因為褲管太長，必須裁減一小截，重新車邊。褲長我很清楚長度，負責車邊的小姐委婉的說：「阿伯！試穿看看，以實際長度裁剪，比較可靠。」

我只好接受建議，到試穿室裡，換上新褲子。她拿皮尺量了一下說：「你剛才說 42 吋長，最好加半吋，因為休閒褲綁上帶子，褲管往上提，就會變短一點。」她的語氣很懇切，我接受她專業的建議。

將長褲的兩條褲管拉平，對齊，畫線，再用剪刀裁剪超長部分。她一雙靈巧的指頭操作機器。「咔嚓！咔嚓！」機械聲中，她專注而愉悅的完成工作。

接過兩條新褲子，繳納貨款時，我讚美她：「妳的工作很認真，服務態度很好。」

「現在景氣不好，工作不好找。有工作，就很幸福啦！」她從早上 11 點開門營業到晚上 10 時 30 分才休息，工作時間很長，卻能待客人誠懇，態度敬業而認真。

步出服裝公司大門時，我決定下次採購衣物時，一定再到這家來。

（自由時報 上班族 2009.8.12）

結交醫師朋友

有人說想出人頭地，闖出一片天，必須結交「三師」為友。就是律師、會計師、醫師為友。筆者是一個安善良民，和平處世，少有紛爭，何須與人對簿公堂，也就沒有律師好友。既未開設公司行號，又無龐大產業，委請會計師管理，因此也乏會計師朋友。筆者邁入老年，體弱多病，真的很想多交幾位醫師朋友，看病時多給我一點關愛的眼神，心理上篤定多了。

病歷越少　快樂越多

最近在報上讀了一篇文章，提到「二十比學歷，三十比經歷，四十比病歷。」

可見現代青壯年朋友健康狀況亮起紅燈。

退休前忙得沒時間生病，退休後時間多出來，體能開始衰退，抵抗力變差，身體各種病痛突然冒出來，開始遊走於各大醫院之間。

如果找名醫看病，病友們蜂擁而來，掛號者一個早上可多達一百二十多人。從八點半看到中午十二點，平均每人診察時間為一點七五分鐘。拿起診病聽筒，問幾句病情，順便開藥方，時間就到了。即使是熟識的醫師，也不可能佔用其他病友太多時間。病人如果看不完，只好延長時間，餓著肚子把病人看完，名醫也有他們的辛酸。

人老了，想快樂活著，不是比財富多少，地位的高低。

只要能減少病，少跑醫院，病歷比人少一點，快樂就會多一點。

親友子女當醫師

最近參加一位同鄉也是國小、初中同學的喪禮，碰到另一位同學，也去參加。雖然半世紀以來從未見過面；但彼此都記得對方的名字。

會後聊天時，談及家庭狀況，育有兩名兒子，都接受高等教育，老二任教學醫院眼科主治醫師。告知我他兒子姓名。他說：

「必要時找我兒子幫你服務。」

語氣極為真誠，他珍愛古早同窗情誼。

另一位同事的兒子也在同一家醫院擔任骨科主治醫師。在一處喜宴場，碰面時，掏出他兒子名片介紹。他強調：

「只要是老同事，我兒子一定會盡力服務。」

老同事努力為他兒子推展業績，打開知名度。必要時找同學兒子看病，不必牽親引戚，繞一大圈攀關係，只要說出親友的大名，想必就能得到詳盡的診療與關懷。

廣結善緣

筆者常在報刊撰文，醫療版面偶有經驗談之類短文發表。孫子嬰兒期發表一篇「把家庭醫師定下來」的短文，文中提到孫子感冒，到多處診所求診，更換醫師，後來到兩位小兒科女醫師輪流看診的診所，病情逐漸好轉的經過。蘇醫師不厭其煩做衛教，指導家人照顧孫子的醫療常識。

　　見報後讀者朋友從報社轉來要求診所地址與電話，要帶嬰兒前往這家診所看病。

　　診所把我發表那篇短文張貼在醫療資訊看板上好幾個月。兩位女醫師也成為照護孫子最值得信賴的家庭醫師。

　　有一次在一家大型醫院陪妻去看家醫科，佈告欄上，張貼老年生活的十項建議，抄錄下來，稍作說明成篇，經科主任同意，於報刊家庭版發表，稿酬捐贈這家醫院的愛心基金。就這樣認識這位科主任醫師。

　　他具有愛心與耐心，請教他醫療問題，都能得到滿意的答覆，成為我心目中良醫的典範。

　　建立良好的醫病關係，病友信賴醫師的專業。醫師也能做到「視病人如親」的博愛精神，必能減少醫病之間的緊張關係。※

（更生副刊　2012.4.7）

尋根之旅

孫子出生後，難得回到我生長的故鄉。他今年上小學，我計畫利用寒假帶他回去，做一次尋根之旅。

父母親往生後，兄弟分居各地，老宅無人居住；但經常修繕，避免傾塌。先到大廳虔敬祭拜祖先的神位。

再帶孫子參觀我住過的房間，講述童年往事。到果園裡採摘水果。

然後帶他到我就讀的小學－－大山國小。我父親－－孫子曾祖父終身在這所學校任教，到退休為止。我及弟妹六人，都在這裡畢業。

接著帶他到港尾公墓骨灰塔，祭拜祖先，告訴他曾祖父母骨灰罈存放的位置。他是大房的大孫子，必須擔負香火傳承的責任。

再帶他踩踏我名下占十五分之一的一小塊農地，告訴他那是曾祖父母為了圓擁有一塊農地的夢想，艱辛努力的成果。現在田地荒著，也沒有界限；但擁有一張象徵性的所有權狀。

麻豆街上有一座全台古廟之一北極殿，從保存下來石柱上的記載：建廟歷史 350 年之久。

接下來參觀麻豆國中，早年校名叫「曾文初中」，是台南縣下知名的學校之一，升學率很高。

下一個行程到麻豆糖廠。現在蔗糖停產，改為縣定古蹟，更名為「南瀛總爺藝文中心」。

日治時代的建築物磚造堅牢的紅樓，樸實典雅木造的招

待所，述說繁華興盛的年代，如今回歸平淡寧靜的歲月。

上初中時我迷上章回小說，也看了部份世界名著。堂叔是糖廠的職員，糖廠圖書館的藏書比學校的多。堂叔的借書證供我使用，每星期都會去借還書。一年下來，幾乎把想看的書都看完了，無形中培養我對文藝的興趣，走上寫作的途徑，受糖廠圖書館的影響深遠。

攜孫子的小手，漫步於園區的樟樹大道上，娓娓道出阿公年少時許多故事：存幾個銅板，我和同伴們騎腳踏車，到糖廠福利社購買便宜超甜的冰棒，坐在陰涼樹下，舐吮甜美冰涼的冰品，胸懷漾起無比的幸福快樂。

最後回到老家，再帶他參觀埤頭庄鄉親的信仰中心－永安宮。上初中時，每逢農曆初一、十五，奉母親之命，挑一擔豐盛的菜餚，到宮前的廣場上參加「賞兵」的祭神儀式。也是艱困農村趁機加菜的日子，敬神起碼準備一份牲禮，雞鴨魚肉，炒幾樣菜，晚餐就非常腥臊（豐盛）了。

民國三十八年，國軍撤退來台，部份教室變成駐軍營區。高年級生借用寺廟大殿上課，我們就在永安宮內上了一學期的課。好多的回憶，故事講不完。離開永安宮前指給孫子看：宮前大門右側石雕刻有「例章」公的大名，那是孫子太曾祖父捐獻的。

我的「尋根之旅」，在寒假中實行，由兒子開車，妻與媳婦陪孫子同行，一天行程，順道遊覽南部各景點。讓孫子瞭解他生命的根源，將來長大成人後，他應肩負的任務。

（中華副刊）

家庭傷痕—
失親的孩子長大了

二十五年前遷到新居時，朋友介紹一位年輕泥水匠建造圍牆，他家裡開設瓦斯行，我順便向他們家訂購液態瓦斯，一直到現在，都沒有換過。

年輕泥水匠沒工作時，就幫家人送瓦斯。結婚後生下一個男孩，孩子還沒滿月，他不幸因車禍身亡。

當時年輕的妻子才二十五歲，娘家父母要她改嫁，她向原來夫家的要求就是把幼兒帶在身邊，她心甘情願把兒子養大。

公婆不肯，理由是男嬰是他們家的長孫，無論如何不能讓她帶走。

媳婦改嫁以後，阿公、阿嬤對媳婦還是存有戒心，提防媳婦偷偷抱走孫子，更不許她來探望。

幾年前，瓦斯行長孫讀高職時，開始協助他叔叔送瓦斯的工作。高職畢業後，他入伍當兵，服完兵役，順利考上瓦斯裝修專業證照，接下家裡的事業。

某天下午，他來替我家更換安全的瓦斯開關，閒聊時，我問他：「媽媽來看過你嗎？」

「最近我們見面了，她在朋友家裡，發現我家的瓦斯桶，上面寫著電話號碼。她的朋友剛好是我家的客戶，就這樣連絡上了，約在她朋友家見面。我媽見到我時，摟著我痛哭一場。」

　　她的朋友也陪她哭得很傷心，可能母子相會的場面太感人了。

　　他媽媽哭過了，答應下次見面時，帶同母異父的弟妹和他見面。

　　他說成長過程雖然有阿公、阿嬤疼惜；但隔代教養的方式，與現代父母親還是有很大的落差。

　　他上小一時，媽媽曾經到學校偷偷看過他；雖然渴望獲得母愛，在家裡卻是禁忌。他從小就學會隱忍，討大人的喜歡。也養成獨立自主的性格。

　　近二十年來，母子斷了音訊，母親對兒子的思念卻難割捨。

　　現在他長大成人，阿公、阿嬤也老了，不再禁止他與生母見面，他們知道他的翅膀雖然長硬了，但也不會飛離哺育他的窩巢。

　　臨走時，他說：

　　「我從來沒跟別人說過我的心情故事，現在說出來，心裡舒坦多了。」

（聯合報家婦版 2006/03/12）

超生 鬼話連篇

朋友李君到他開婦產科醫院負責人的親戚家中，協助處理雜務，醫院頂樓是倉庫，堆放雜物，平時幾乎沒人上去。

有一天李君的親戚要他把倉庫裡不用的雜物清理掉。原本工作進行得很順利，卻發現七瓶成型胎兒，浸泡在充滿藥水的玻璃瓶內。多年前產婦因難產或胎死腹中，醫院會將胎兒用藥水浸泡起來。年代久遠，他親戚自已也忘了。他不敢擅作主張將玻璃瓶丟棄。

他向親戚建議：「最好找專業人員慎重處理。」

花了一筆經費，交給殯儀館的人做妥善處理。工作完成後，他就把這件事也淡忘了。

最近他陸續於夢中夢見有陌生的年輕人來向他道謝，都沒有開口說話，只向他點頭微笑，充滿感激的表情，男女都有。難道玻璃管內的嬰兒都投胎超生了嗎？

更令人難以置信的就是遭遇不順遂的事情，總有人及時出現，協助他完成工作。

他舉出一個最近的發生的事情。

他的一幢房子，很長的時間租不出去，後來有七人合夥做生意，打算租他的房子；但意見不一，一直沒能簽訂租約。

約好下午三點到現場去，他提早到達，一個年輕朋友表明他願意承租他的房子。

李君告訴年輕朋友：「三點時我約好承租人來看房子，如

果他們不租，我就租給你。」

　　他們準時到達，但股東意見紛歧，沒辦法決定。

　　這時年輕朋友開口說話：「如果你們不想租，就讓我來租好了。」

　　有人等著租房子，合夥一群人立刻凝聚共識確定租下房子，當場簽好租賃契約。

　　李君辦妥手續，才發覺那位年輕朋友不知什麼時候離開的？他十分感激他適時出現搶租房子的臨門一腳，迫使對方整合股東意見，順利把房子租出去。

　　至於年輕朋友的出現，是七瓶胎兒的化身，或是巧合？他也說不出明確答案來。

　　李君講完親身的經歷，得了一個結論：

　　「盡力助人，壞事莫為。」心胸坦蕩，也就能快樂過日子。（本專欄誠徵一千字以內的小小鬼故事，不定期刊出。我們的目的是，祝福您心懷無鬼，自在做人，且莫勞神計較真假吧！）

（中國時報浮世繪 2008）

送舊雜誌給學生

訂閱多年的舊雜誌，占書櫃好幾格的空間，新書增加後，雜亂任意塞在書櫃裡。

為了騰出空間，把存放的舊雜誌搬出來，暫時放在起居間的沙發椅下。妻說過年快到了，要我把好幾捆舊雜誌處理掉，免得占空間，有礙觀瞻。

打電話給一所國小的總務主任，告訴他我有一批舊雜誌、送給他們高年級小朋友看。他問了高年級導師，他們認為小朋友不愛看舊雜誌，最近學校獲贈大批兒童讀物，婉謝我的舊雜誌，要我送給別的單位，以免浪費。

妻說沒人要，就交給資源回收車處理好了。我告訴她：「這樣太可惜，我打電話給王老師，他在國中任教，送給國中學生閱讀好了，如果不要，就送到圖書館，讓有興趣的讀者拿回家閱讀。」

去年我更換舊電腦時，請王老師來我家載舊電腦，他說：「電腦雖然很普及；家境貧困的學生還是買不起，我要當作獎品，送給成績進步的同學。」他又說：「我班上還有 10 個學生家裡沒有電腦，我宣布轉送一台電腦時，他們都充滿期待。」

打電話找到王老師，告訴他我清理一批舊雜誌，問他要不要來載這些雜誌，分給他的學生看。

他愉悅的回答：「當然要，學生的課外讀物不多，過期的

好雜誌供他們閱讀，還是有幫助的。下午一下課，我一定開車來把雜誌帶走。」

　　把雜誌清理出來，沙發椅底下清爽多了，妻不再嘮叨。舊雜誌清理出來送給學生再度利用，培養學生閱讀的樂趣，真是一舉兩得。

（中國時報 居家周報 2007.02.02）

香煙與我

筆者青年時期曾經偷偷的學抽煙，抽的是味道辛辣的廉價煙－香蕉牌，淺嚐後即自動停止，幸而沒有染上煙癮。

溪畔垂釣　抽煙排遣寂寞

上師範學校每年暑假長達兩個月，父親也在家鄉小學任教。父子兩人頂著烈日，到將軍溪上游的溪邊釣魚。

半世紀前溪水還沒遭到污染，魚蝦悠游其間，其中以鯽魚最多。父子倆漁獲量幾乎每天達三台斤以上。家裡天天吃鯽魚大餐，吃膩了，母親就拿去送給親朋好友、鄰居。

釣魚時，頂著斗笠，遮一點毒辣的陽光，在沉靜的溪邊，枯守一支釣竿，連說話的對象都沒有，實在太無聊。

有一年暑假的某一天，父子出發釣魚前從父親的香煙盒裡抽出一根香煙－－香蕉牌，一盒火柴，藏在口袋裡。

到了溪邊釣場，故意離父親遠遠的，以免抽煙時被他發現。等一切就緒，把口袋裡的香煙拿出來，猛抽一口，辛辣，苦澀，嗆鼻的氣味，灌滿嘴巴。受不了那種氣味，趕緊吐出來。

父親平時在家裡抽煙那種閒適，優雅的神情，令人神往。我只抽了一口煙，以前綺麗的艷羨就完全幻滅了。

婉拒香煙　煙癮未上身

筆者從普師二年級開始，各班輪流擔任伙食委員，承擔全校同學伙食重任。三年內擔任班級幹部的總務股長，因此

每次輪到伙委時，導師謝先生指定我擔任伙委，負責記帳工作。

到學校時，歐吉桑常會丟幾包煙給伙委，我通常都委婉謝絕餽贈：

「謝謝！我不會抽煙。」

拒絕香煙另一理由就是維持「好學生」的形象。

慶幸自己第一次抽到父親的香煙味道太差，才阻絕抽煙的念頭。否則繼續抽下去，必定終身受害。

目睹有了煙癮的同學，抽煙時為了躲避教官，尋找隱密角落，甚至輪流把風，才能過足煙癮。

到了普師三年級下學期，到附屬小學實習，遠離教官監視範圍，抽煙就自由多了。另一方面，即將畢業離開學校，教官睜一眼，閉一眼，管理寬鬆許多。

香煙公關　見煙三分情

師範畢業後，回到老家一所國小任教，三年中教了兩年六年級升學班。碰上惡補的高峰期（四十年代）。最後一年筆者本身也要準備升學，日夜忙碌不已。民國四十八年夏天，為了工讀，調職到台北近郊的一所國小任教。後來校長要我擔任總務主任，我才廿六歲，經驗不足，不敢貿然答應。

校長開出優厚條件：不必上課，專任總務；但必須兼任中心國小行政業務。

我立刻答應，因為晚上在師大夜間部就讀，白天必須更多時間看書。

當了總務，除學校行政工作之外，還得打理公關。年長

同仁看我社會經驗太嫩，發現我不會抽煙，向我建議：

「向人請託時，身上最好帶包香煙，見面時先請他抽根煙，閒聊幾句，再談正題，見煙三分情，辦起事來，順當得多。」

這招果然管用，出門辦事，自掏腰包買一包名牌香煙，辦妥事情，把煙收藏起來。等下次出門時，香煙發霉不能抽了。

後來沒抽完的香煙送給抽煙的朋友。當時公共場所沒有禁煙，辦公室內抽煙的人比例很高，隨時都可以吞雲吐霧，就好像喝茶那樣自在。

師大畢業，到初中實習一年，服完預官役，回到學校任教，不再兼任行政工作，身上不必帶煙做公關了。

回首我與香煙種種，時隔近半世紀，記憶猶新。※

（更生日報副刊　2013-01-27）

訂婚戒指回來啦

我新婚旅行第一站到高雄，因住不起觀光飯店，而住在一家小旅館，裡頭的浴廁是公用的。當晚住宿客人很少，有點冷清。洗澡時，妻把一枚訂婚時的金戒指拿下來，放在洗臉盆旁邊，洗好澡卻忘了帶出來，回到房間也沒發覺。

當我們要熄燈就寢時，有人來敲房門。我開門，一個中年阿姨手拿一枚金戒指說：「這枚金戒指是你太太丟掉的吧？」妻這時才發現手指上的戒指掉了，趕緊回答：「是我的，放在洗臉盆旁邊。」

這枚戒指失而復得，旅館阿姨拾金不昧的美德，成全我們新婚旅行的歡愉幸福氣氛。

（聯合報繽紛版 2008/02/17）

紅帖與白帖

年紀越大，接獲白帖比例比紅帖多。同事好友年事高，健康狀況每況愈下，生病，住院，走完人生終點站，到站下車，從此告別人間。

同事的兒女都已經過了適婚年齡，大部份完成婚嫁。侄兒女，外甥也都結婚，接到喜帖的機會降低了。

筆者服務的學校，每半年舉行一次退休會，找不同的餐廳聚餐。會長致詞時，常提到某同事往生的消息，令人哀傷歎息。人走了，是否舉行隆重的告別式，現在也多元化的呈現。

六年前參加一位企業家的告別式，打破傳統，以音樂會形式進行。會場播放生前光碟。舞臺上大提琴名家即席演奏。會場氣氛哀淒。

與會者手捧一朵鮮花祭拜。數百位賓客列隊井然有序，完成祭奠儀式。

會後遵遺囑骨灰雇用漁船，到淡水外海舉行海葬。老人家瀟灑自在，走完人生 93 年的歲月。另類的告別式，令人印象深刻。

一般告別式會場，都會張掛各界寄來弔唁的喪輓，從中央政府首長，各級民意代表，一一張掛出來，代表往生者交遊廣闊，人脈豐沛。

一位球友（網球）因心肌梗塞壯年往生，以佛教儀式行告別式。筆者受遺族之邀，撰寫球友簡要生平，並於告別式上宣讀好友生平介紹。沒有邀請政要名流上臺冗長的歌功頌

德。會場上沒有張掛任何喪輓,成為莊嚴樸素的道場,歷時一個小時結束。

以前我服務學校的工友,退伍老兵,性情耿介,忌惡如仇。往生後通知他弟弟來台,辦理後事。

通知他生前常接近的同事,不到十個人,在殯儀館辦理最簡單的告別式。小禮堂掛的照片,他生前要求我以相機拍下的放大遺照,還掛上一則輓聯。行禮如儀後送到火葬場火化。場面雖然冷清,送行者都是他生前好友,應無憾矣!

二弟最近告訴我:他的一位好友最近往生,病情嚴重時,沒有驚動任何親友。往生後,交代他兒子,發一則簡訊:

各位叔叔伯伯,家父已經離世,行家祭儀式後火化,一切順利。

先父生前承蒙各位叔叔伯伯照顧,感恩不盡。遵父囑,不敢驚擾各位長輩,謹致歉意。敬祝

　　闔家吉祥安康

　　　　晚○○敬上

這種以簡訊方式通知好友,代替訃告,這是最進步的模式。

繁文縟節,徒增忙碌現代人的負擔。簡化告別式,以隆重,哀傷,感性的氣氛,舉辦一場追思紀念往生者的聚會,應該是更具意義。

（中華副刊 2013.1.5）

客串當導遊

　　兩年前的春天，有一天筆者於新北投善光寺下山時，遇見兩位青年正要上山，他們以日語交談，猜想他們要上善光寺，我便以簡單日語問他們：「是否到善光寺？」

　　他們回答「不是」，並拿出日文的臺北導遊手冊，指出他們想去的景點是地熱谷；但他們走錯路線，星期一地熱谷也不開放。

　　我的日文不是很靈光，有時還得穿插英文，他們居然也能意會；我抱持熱忱，並想做點國民外交，便與他們交談。

　　日本遊客跟著我們夫妻倆下山，邊走邊聊天，他倆是大學剛畢業，利用四天假期到臺北觀光。

　　下了山，想起附近有一處市定古蹟─普濟寺，只要爬幾十個階梯就能走到。我主動邀他們同去參觀，他們其中一人問我爬階梯是否要走很久？我告訴他們：「沒問題」。

　　很快就到了普濟寺，他們很驚訝臺灣怎麼會有建築風貌酷似日本建築的寺廟。我告訴他們：普濟寺是西元一九〇五年由當時鐵道部課長春上彰一籌建的，由鐵道部員工捐款興建，原來名叫「鐵真院」，為了守護北投溫泉，祭祀湯守觀音的寺廟。臺灣光復祭拜神明改為觀音菩薩，拜殿依然鋪設榻榻米，保留日式寺廟的設置。

　　下山時他們再三道謝，有幸在陌生國度碰見一個臺灣的「歐吉桑」充當臨時導遊，讓他們少走許多冤枉路，還多參

訪了一處景點。我問他們下個行程想去那裡？他們又翻出導遊手冊指著「逸邨」，以前稱「星乃湯」的温泉旅館，也是日式建築物，保持完好，值得參觀。於是我帶他們走到巷子口，指引他們直走，路旁左邊就能看到「逸邨」的招牌。

　　心想日後不太可能再相遇，但我們都是地球村的村民，盡力為村民服務是應該的。告別時，兩位日本青年再三道謝，我也因適時伸出援手，主動助人，內心充滿喜樂。

（青年日報副刊 2012.11.24）

雨珠

雨中在公園散步，撐傘穿梭於樹林中，冷冽的空氣裡多了一份清新，放慢腳步則多一份閒情。龍柏針葉的葉尖停留數不清的雨珠，晶瑩、剔透、純淨，像玻璃碎片撒滿整株龍柏，亮麗絢爛。

走到榕樹下，氣根恍若老爺爺的鬍子，茂密垂掛在林子裡；每一根氣根都掛上渾圓的小水珠，形成另一番吊掛的美感。

櫻花樹上乾枯的枝條上，也掛了無數小水滴，凝視片刻，地心引力竟然沒把水滴引到地面來。

雨小了，我收起傘，把傘當枴杖於雨林中漫步，把思緒放空。偌大的公園裡晨間活動的朋友，竟然都沒出來，讓我獨享清晨的寧靜、自在與安詳。

回家時，脫下防水材質的外套，也沾上好多水珠，與公園裡樹上的一模一樣；抖掉水珠，妻子接過去，放在椅背上晾乾。她摸一摸外套的襯裡說：「兒子送給你的防水外套，材質不錯，襯裡沒有濕透哩！」

兒子知道我天天到公園散步，風雨無阻；下雨時撐傘不方便，穿雨衣不透氣，特地幫我買了一件防水的外套，下小雨時只要戴一頂帽子，穿上雨鞋，就能在雨林中享受散步的樂趣！

（青年日報副刊 2012.1.20）

芬芳秋意

白露那一天，走過公園的步道，瀰漫着淡雅的花香，沿著步道種十幾株樹蘭，陸續開花。

樹蘭的葉子與月橘（七里香）極相似；然仔細觀察：樹蘭小葉對生，月橘小葉是互生。樹蘭開黃色小花，月橘則開白色花朵。樹蘭花香清淡高雅。月橘則之濃郁芳香。

樹蘭春秋兩季都會開花：然而春天或許因為百花齊開，搶走樹蘭的丰采。

秋天來臨時，花草樹木全收斂了，樹蘭獨領風騷，黃橙橙如珍珠般的小花恣意綻放。

小花姿容少有人注意，可是芳香怡人的氣息，沒人能抗拒她的存在。

早起運動的朋友走在健康步道上，張開雙臂盡情吸入芬芳的氣息，提振精神的功能。

與朋友見面時，總以樹蘭花香為話題：

「樹蘭花香聞起來真的好舒服。」

「聞到樹蘭花香，中秋節快到了。」

酷熱夏天過了，秋天清爽舒適氣溫，清晨漫步公園，神清氣爽。白露過後一星期，走過健康步道，凋零細碎的小黃花，舖就一地的金黃，耀眼而醒目。

步道旁的樹蘭還有幾株含苞待放，今年秋天還有機會聞一聞芬芳的秋意。　　　　　　　（中華副刊 2007.10.18）

艱苦的年代

我以工讀方式完成大學教育，總以為艱苦不已；但最近與同事多年好友王兄，退休後難得相聚，昨天見面時，他淘淘不絕述說人生歷程中最精采而艱苦的片斷。

民國三十八年從澎湖到新竹空軍基地，經受訓後擔任飛機機械維修工作。後來升任士官，月薪為新台幣九十五元。日子過得單調而沈悶。

在台灣他除了一位遠房堂哥之外，別無親人可以依賴，一切靠自己打理

後來國防部公佈他們可以以同等學歷報考大專院校，使他重建信心與希望。

然而學業荒廢多年，擠進大學的窄門簡直就是遙遠的夢想。唯一的辦法就是補習，利用下班後夜晚時間到市區補習；但費用昂貴，每月要繳交新台幣八十元。

交了補習費，每個月零用錢只剩下十五元。為了趕上課，每天下午徒步走一個小時回住宿營區吃晚飯，再走半小時到市區補習班上課。下課後再走回營區。

每個月十五元零用錢，就連價錢便宜的「齒粉」（牙膏的前身）都買不起。只好到廚房要點鹽巴來刷牙。

補習期間一切休閒活動全部停止。休假日營區裡空盪盪的，他努力用功，專心溫習功課，全力以赴。

拼了三年，終於考上師大，那一年國防部也同意他們辦

理退役，進師大就讀。當時他年近三十，比高中應屆畢業生考進大學的同學，年長十歲，自然成為班上的老大哥。他的人生閱歷豐富，言行舉止成為同學表率。珍愛得來不易的升學機會，盡力學習。

　　師大畢業後，我們在同一所初中任教，後來又同時轉任高職一直到各自退休，同事近三十年，從沒提過這段艱苦歲月。

　　當年參加補習走了四年，概略計算最少走了一萬二千公里。無形中也鍛煉出健壯的身體來。

　　往昔艱苦歲月，激勵奮發向上的意志，絕不向下沈淪，克服萬難，度過難關。酸澀的日子裡，帶點甜美的回憶。

（青年日報副刊）

阿公您一天喝幾杯茶？

　　大兒子假日帶孫子回家，曾聽到我與兒子談論喝茶對攝護腺的影響。最近英國的醫學研究單位提出報告：每天喝超過七杯茶的成年男人，容易罹患攝護腺癌。孫子知道我每天都有喝茶的習慣，擔心我茶喝多了，影響健康。回家時，很神祕地走到我身旁，輕聲的問我：

　　「阿公！您一天要喝幾杯茶？」

　　「不會超過五杯。」

　　「別喝太多啊！會影響身體健康喲！」

　　「我知道，別擔心。」

　　孫子出生後，就和我兩老住在老家，白天請保母帶八小時，晚上帶回家，由阿嬤負責照料，我協助。一直到托兒所小班畢業，兒子媳婦才把他帶在身邊。假日還是會回來，陪伴阿公阿嬤。因為從小在老家成長，與阿公阿嬤感情特別地深厚。

　　他長大了，懂得關懷長輩，貼心的幾句話，令人好感動。

　　　　　　　　　　　　（人間福報家庭版 2012.12.11）

香草園

那天天氣晴朗，我與妻去烏來寶慶宮探訪拔刀爾山的登山口，下山時路過香草園，停好車，大門開了四分之一，訪客可以自由進出。

鼠尾草綻放藍色的花朵在微風裡搖曳，迎接來訪的客人。工寮前一位壯碩的中年漢子，裝修除草機。向他打個招呼，他笑著說：「歡迎參觀，現在種的香草二十幾種，將來多達一百多種。」

園區內遍植各種香草植物，所認識的有鼠尾草、迷迭香、九層塔，除此之外，妻發現燦爛陽光下，一株枝葉茂密，生機勃勃的香椿。她說：「香椿長得好柔嫩，涼拌豆腐最能吃出春天的味道。」

我想起家裡庭院裡靠在牆角的那株香椿，可能是因陽光不足，才剛長出幾片紫紅色的新葉，與之相比較，差別很大。

山坡上的日照充足，專人照料，加上空氣鮮潔，成長條件良好，是香草的樂園。

下山時放慢車速，遠眺滿山的翠綠，藍天裡悠然的白雲。空氣中似乎盪漾著香草園裡淡雅的香味，春日出遊，意外發現香草園，心情大好。

（中華日報副刊 2010.5.31）

災後的老家

　　近百年的老家此次因莫拉克颱風來襲，首度淹水，屋內水深及腰。全部家具全部泡在水中，全數毀壞，無法使用。

　　父母先後往生後，兄弟分居各地，老家一直空下來，委託元和叔協助管理，早晚開關大廳的門戶。

　　二弟住台中，水退後，即刻回家勘察災情，發現災情慘重，個人力量無法承擔清理工作，第二天請好友雇用兩位年輕朋友，前往協助。兩天時間清理床墊，榻榻米，衣物，炊具，老舊桌椅，舊書籍等，全部堆放在里辦公處指定場所，整個里幾百戶人家，無一倖免，搬出來的廢棄物堆疊得彷彿一座小山。鄉親們把使用一輩子的家具，因泡水不堪使用而丟棄，萬分不捨；卻莫可奈何，欲哭無淚。

　　第三天二弟夫婦再回老家，從正房的床舖底下翻出一只老舊公事包，翻出父親生前存放的重要文件，等於家族史的一部份。其中一只小皮夾，放著一疊舊台幣，搜集相當齊全。當時舊台幣四萬元換新台幣一元，可能換不了多少錢，刻意留起來做紀念，放得太久，可能自己也忘了，沒有交待兒女。因為清理污泥，使這批紀念品重現。

　　正房裡擺放一張（桌櫃），是母親的嫁妝，除了退色之外，保持非常完好，以檜木手工打造，陪伴母親一輩子，她生前珍藏貴重物品的家具。桌櫃上一座小化妝台，一面小鏡子，沒有任何損傷。

正房的床舖是我結婚時的新房，父母慎重的雇用手藝精巧的木匠，選購檜木打造，採日式風格，裝設拉門，舖設三疊榻榻米，設備簡樸；父母花了不少心思。木料完好，榻榻米泡水丟棄。

大廳同樣淹水，幸虧神案（紅格桌）：供奉神明，祖仙牌位的桌子，屹立不搖，沒有倒下來。

祖父生前為了祈求子孫平安，事業順遂，往西港鄉慶安宮乞回供奉的「鯉魚旗」也安然無恙，他最少有了八十年歷史。

母親房間珍藏一支扁擔，是她年輕時，挑布匹往來於各村落，兜售布匹貼補家用，磨損得很厲害。每次返鄉，總要拿起扁擔瞻仰一番，感念母親的慈恩，幸好沒有流失。

老家熟悉的古老家具，幾乎清除殆盡；然而老家空盪盪的房子裡，依然留下許多童年甜美的回憶。

二弟夫婦回老家清理三天，為我們兄弟承擔清理老家繁重的工作，而無怨言，詳盡告知工作情形。

八月十八日清晨，元和嬸來電話告知：國軍將派來清理戶外淤積的污泥，雜物，必須準備垃圾袋，清掃工具。通知三弟從嘉義趕回。由陳里長帶來國軍弟兄多人，展開清理工作，黃昏時全部完工，感謝國軍的鼎力協助，短時間恢復舊貌。

鄰近幾個村落，因為地勢較低，淹水情況特別嚴重，村民平安，躲過天災，值得慶幸。然對山區造成嚴重傷亡的同胞，則致以無限悼念與哀思。　　　　（中華副刊 2009.8.26）

北投瀧乃湯浴場今昔

日本治台第二年，西元 1896 年，大阪商人平田源吾就在北投開設溫泉旅社，名叫天狗庵。

沿著北投溪陸續發現溫泉流淌出來，形成小水瀑。日本人稱之為「瀧」。當時共有五瀧。其中第二瀧就是現在瀧乃湯所在地。

開始時有些日本民眾在水瀑下泡湯，當時民風閉塞，這種舉措，妨害風化，經警方阻止，才以簡陋圍籬遮掩，享受泡湯的樂趣。約於西元 1907 年瀧乃湯以日式房舍設計，興建浴室，完工後開始對外營業。

為了吸引更多的顧客，收費非常低廉，每次入場只收日幣三分錢，日語發音與閩南語發音「三仙」很接近，因此長輩朋友稱為瀧乃湯「三仙間」。這浴室的別號對喜愛泡溫泉，逍遙自在，快樂似神仙的朋友來說，十分貼切。

瀧乃湯，吟松閣，逸村（星乃湯）為北投溫泉建築的三寶。瀧乃湯的建築，純樸無華，雖然經過整修，黑色屋瓦，白色牆壁，玄關的設計，依然保留原來風貌。浴池開闊，寬敞，通風良好，水溫高，必須加冷水調節適溫浸泡。北投地區唯一不兼營食宿的浴場。收費低廉，生意興隆。

瀧乃湯浴池以堅牢石板砌成，近百年來，溫熱泉水源源不絕的注入池中，不知多少「浴友」浸泡於溫水中，閉目養神，活絡筋骨，舒暢血脈。

　　筆者曾經發現日本青年朋友三人，泡湯後在池畔談笑風生，神情愉悅。問他們為什麼喜愛這個浴池。他們說：

　　「這裡很像日本的浴場。」

　　可見瀧乃湯浴場保持古樸風貌，讓東洋孩子著迷，也讓懷舊的朋友流連忘返。

　　大正十二年（西元 1923 年）4 月 25 日，日本皇太子裕仁到北投參觀訪問，當時豎立一根正方形石柱在北投溪畔。後因路面拓寬，石柱移到瀧乃湯浴場左邊庭院裡。石柱露出地面約一公尺二十公分，正面刻有：

　　「皇太子殿下御渡涉紀念」。背面刻：

　　「大正十二年四月」。

　　當天皇太子參觀重點是北投公共浴場，就是現在的溫泉博物館。早在皇太子來臨之前十年就已經落成啟用。

　　瀧乃湯產權日治時代屬軍方所有，台灣光復後，由民間承購，繼續經營。為日治時期泡湯浴場建築的歷史演進，從簡單撲實到精美華麗，留下見證。

告別老爺車

我的第三部車於民國 78 年 9 月 4 日掛牌，99 年 3 月 30 日辦理報廢，使用 20 年 6 個月 25 日，共計 7505 天。

這部老爺車算是我居住社區使用年限最久的車子，每次發動引擎，嘶吼震動的噪音，驚動左右鄰居。

退休後，車子停在社區巷道旁邊，上街騎摩托車，上台北搭敬老卡公車票。只有假日孫子回家時，帶他上圖書館，或到公園打球。歐規的車子，車體堅固；但夏天冷氣不冷，孫子懂事後，上了我的車，就會說：「阿公的車是部老爺車」。

最近兒子換新車，他的舊車只開了三萬多公里，決定開回家來，替代我的老爺車。

老爺車跟我近 21 年，已有深厚感情，報廢前清理行李箱的物品：籃球，飛盤，棒球各一個，都是孫子的玩具。導電用的電纜線，警告用的三角架。駕駛座前的零用錢，太陽眼鏡，原子筆 3 支，打火機 1 個，CD2 片，全部清理出來。想起這部車的輝煌紀錄，往事歷歷如繪：

曾經駕這部車載妻子到觀霧，暢遊好幾處景點。從南投水里，經東埔走新中橫，上阿里山，沿途拍攝千變萬化的雲海。

民國 81 年春節後，母親病重，開車載母親，在妻照護下，我專心開車，以時速超過 110 公里速度，從麻豆交流道到林口長庚醫院，耗時 2 時 10 分鐘。冒著超速挨罰的危險，與時

間賽跑，搶救母親的生命。這次超車行徑，印象深刻，幸虧沒收到罰單。

民國 86 年到 87 年間為報刊撰寫旅遊報導時，開這跑遍台北縣各鄉鎮，採訪，攝影。

車子保養得宜，沒有在開車途中故障的紀錄，車況良好，報廢掉實在可惜。找長期幫我保養車子的修車廠老板，看有沒有人願意買我這部老爺車。

他說：「車況好是事實，手排車不流行，舊車 2000cc，相當耗油，加上稅捐不便宜，這種中古車就沒人願意收買，只有報廢而已。車體當廢鐵賣，繳清稅款。」

維修我車子的電機朋友向我建議：拆下來的音響主機，幫你裝一台音響，可以在家裡聽，另一方面當做紀念。

保養廠的老板幫我拆下兩面車牌交給我，把車子開走，辦妥報廢手續，轉給回收場。

鄰居看我的車子，保養廠的人開走了，問我會不會捨不得？

20 幾年的交通工具，突然分離，難以割捨，人之常情；然再美好的事物，不可能擁有一輩子。捨不得，也得捨。

3 月 30 日么兒開車帶我去監理所，先繳清稅款，繳回兩面車牌，一枚駕照，報廢手續很快辦妥。

走出監理所大門，報廢單交給保養廠朋友，車子就可拖到回收場解體，以後想昇也昇不到了，心中難免幾許悵然。

（中華日報副刊 2010.8.18）

忘憂亭觀日出

到六十石山為了觀日出，清晨四時起床，兒子帶全家人摸黑上路，車子在狹窄蜿蜒產業道路上行駛，險象環生。

到964驛棧，海拔964公尺，廣場上停滿車輛，車頭一律朝東。一位朋友說：「這樣子就叫做拜天公」，把太陽神化為天公，朝東觀日出，有膜拜太陽之意。

屋後建築一處觀景台，名為「忘憂亭」，是六十石山位置最高的亭子，遊客最多。

攝影同好找到最佳地點，駕起腳架，恭候太陽露臉。旁邊有一組電子媒體人員，主播小姐念出開場白：「歐海幼！各位觀眾朋友早安！為了拍攝日出，我們四點鐘起床，……」。

等了二十分鐘，東邊山頭暈染繽紛的雲霞，等待太陽迸出的剎那。雖然雲霞幻化為殷紅，然而幾朵烏雲飄來攪局，太陽沒有露臉的跡象；然不過剎那間，終是跳脫烏雲迸現，是一輪令人睜不開眼的火球。整個日出過程不是冉冉上升，對於烏雲遮日，妨害日出正常演出，我們這群觀眾頗有怨言。

陽光照射花東縱谷時，開闊的視野裡，呈現田疇，屋舍，河流，山嵐。靜謐，祥和的氛圍，綺麗風光，令人流連忘還。

採收金針花必須在清晨工作，太陽一出來，花朵綻放，第二天凋萎，就不能食用。清晨六點多鐘，看一位阿婆，背著袋子，在金黃花田裡辛勤工作。

半世紀前移民來六十石山開墾的農民朋友，墾拓出 300

公頃金針花田，打造富麗的農園，現在成為休閒農業觀光勝
地。每年夏天，成群遊客上山，賞花之餘，把花東縱谷的美
景，居高臨下，瀏覽秀麗的景致，這或許就是吸引遊客到訪
的原因之一吧！

（中華日報副刊 2010.10.18）

叔叔早安！

清晨六點多，出門到公園散步，剛到任不久的年輕警衛向我打招呼：

「叔叔！早安！」

「你早！你怎麼稱呼我叔叔？」

「你看起來還很年輕，一定比我老爸年輕，他是 25 年次的。」

「對，叫我叔叔沒錯。」

我是家中的老大，侄兒女都叫我「阿伯」，鄰居的兒女也都叫我「阿伯」或「伯伯」，熟識的人幾乎沒人叫我叔叔。因此突然有人叫我叔叔，聽起來很不習慣；但感覺似乎年輕許多，或許是「虛榮心」作祟吧！

到達天天散步的草坪，朋友夫婦在那裡做早操，陽光正燦爛。他們稱讚我，走路時腰桿挺直，沒有彎腰駝背，精神飽滿。

他們參加愛之船遊輪剛從安格拉治回國，和大家聊及旅遊見聞，聊得很開心。

一大早遭遇的都是愉悅快樂的事，今天必然是個好日。

（中華日報副刊 2010.9.8）

沒有 3C 產品的一天

最近有機會到大雪山林場一遊,在林道途中 15 公里處的民宿住了一晚上,第二天再上山。

民宿主人篤信佛教,民宿內外充滿禪的意境。環境保留原生樹木,種植的蕨類,任其成長。

原本陰霾天氣,下午放晴,黃昏時,夕陽露臉,天邊染上綺麗的色彩,橘紅演化殷紅,冉冉下沈,晚霞逐漸淡化。以相機捕捉幾分鐘精采的演出。

木造房間寬敞,光線充足,陽台擺放休閒桌椅,喝茶,聊天。入夜以後,黑幕裡出現晶瑩的光點,那是東勢市區的燈光。以手動慢速拍攝夜景,未帶腳架,畫面不太理想。

陽台上吹拂攝氏十幾度的山,涼爽舒適。室內也沒裝冷氣,沒有電視,電腦,只有一台電風扇。

坐在陽台上,與家人聊天,閒話家常。孫子有點不耐煩,他愛看的職業捧球賽轉播也不能看。

一星期玩兩次電動遊戲也玩不成。他說了幾次:

「好無聊。」

我要他從民宿走廊的書架上尋找他喜歡的書,他才安靜下來,專心看他的書。

晚餐提供素食的養生鍋,吃五穀米飯,讓腸胃休養一下,減少負擔。

當晚全部房間住滿旅客,客房內沒有電視聲音的干擾,

整個環境出奇的寧靜。

　　媳婦燒一壺山泉開水，送到我們房間。從背包裡拿出一小包烏龍茶葉，沏一壺茶，茶汁格外甘醇，與老妻對飲，她也直呼：「茶汁變得很甘甜，比以自來水泡的好太多了。」

　　孫子吃了一碗素食泡麵，填飽肚子，沒有電視看，提早上床睡覺，我叮囑他明天早起，到戶外小徑散步，呼吸難得的鮮潔空氣。

　　　　　　　　　　　　（中華日報副刊　2012.8.22）

石燈伴老樹

竹林山觀音寺前公園裡，矗立兩座日本風格的石燈，全部以石頭打造，堆砌而成，高約二公尺五十公分。內側雕「奉獻」楷書兩字，外側則雕「昭和十二年十月建之」，另一行寫「新莊郡生徒兒童」兩行小字。

部份年長的遊客，看到這兩座日本神社的建物，怎麼會出現在寺廟的公園裡？十分好奇。

好友金田兄告訴我，這兩座石燈日治時代放置於新莊的神社。光復時，神社拆除，竹林山觀音寺要求石燈遷移到現址放置。

昭和十二年即民國二十六年，西元一九三七年，石燈建置經費由新莊區各學校學生等捐款完成。

竹林寺四十幾年前，於公園內遍植花木，其中以櫻花樹，榕樹最多。一棵櫻花樹剛好種在石燈旁邊。

每年春節前後，櫻花盛開，新春期間，香客絡繹不絕，賞花民眾，流連櫻花樹下，遊客們不必擠到陽明山賞花。

幾年前老樹因病蟲害逐漸凋萎，唯獨石燈旁的一棵老櫻

花，依然健在，以傲然古樸之姿，屹立石燈之旁。

　　每年春天櫻花盛開時節，構成絕美的畫面。這幾天發現石燈旁的老櫻花綻放迷人的丰采。氣象報告說明天開始變天，又要下雨了。盛開的櫻花不堪雨滴的澆淋，一夕之間，花容變色，憔悴凋零。

　　賞花趁早，今年過了，就得等到明年，萬一老樹枯萎，等同樣的場景重現，恐無緣再見了。趁天色尚早，趕緊再去賞花並拍了幾張「石燈伴老樹」的鏡頭，萬一雨來了，才不會有所遺憾。

（中華副刊）

熟齡到了 記憶先知道

年紀大了，體能衰退，其中記憶力退化是最近尤其明顯的事情，很容易忘事，難免在生活中造成一些困擾。幾天前上超市，很認真的將採購物品一一放進推車裡，推到結帳櫃檯前。收銀小姐把輸送帶的物品價格，逐一計算後，放進我自備的購物袋裡，帳快結好時，我摸摸西裝褲的口袋，是空的。

小姐結好帳，正等著我付款。「對不起！我忘了帶錢包，東西先擱著，我回家拿錢包，再回來結帳。」「沒關係！」小姐雖和顏悅色；但我當場尷尬不已。

妻在去年枇杷盛產時，買回一盒枇杷。孫子難得看到這種水果，好奇的問我：「阿公！這叫什麼？」「荔枝。」我看見一旁的太太露出大吃一驚的神情：「枇杷怎麼說成荔枝？」她擔心我是否罹患失憶症；接著她提醒我，這是枇杷呀，怎麼說是荔枝，我這時才知道記錯了；趕緊向孫子重新說明正確的水果名稱。

某日下午，太太做了一鍋東坡肉，放在陶鍋裡燉煮。她準備上街購物，出門時特別交待：「3 點 40 分以前火一定要關掉，否則燒焦，就不能吃了。」我則再三保證，絕對不會忘記。妻一出門，坐在書桌前，打開電腦，開始上網悠遊，把關火一事忘得一乾二淨。等廚房傳出一陣陣焦味，驚覺東坡肉燒焦了，才快速衝進廚房，關掉瓦斯爐。

　　太太一回家,看我毀了一鍋原本美味的東坡肉,抱怨著:「肉燒焦了不要緊,清洗陶鍋才是大工程,我看你的健忘情況越來越嚴重,最好看醫生吧!」

　　兒子替我倆老各辦 2 張金融卡、信用卡,平時很少使用,有一次上超市購物,提出卡片要櫃檯小姐以刷卡結帳,刷了好多次,都不能使用,最後我只好拿出現款結帳。回到家裡告訴太太說我在超市不能刷卡的窘狀,她要我拿出卡片,看看到底刷的是哪張卡?一看,我拿的是金融卡,而非信用卡,當然不能記帳刷卡。

　　健忘的情形最近愈來愈頻繁,除了坦然面對之外,還是得想辦法來防範烏龍的發生,如該做的事情,就勤寫卡片放在明顯處,也在大型月曆記下重要行事,或讓家人協助記憶,隨時提醒自已,以免遺忘該做的事情。

　　這健忘的情況已宣告我正式邁入老年期;趁思考還靈敏時,寫下這篇文章;再者,該做想做的事情,就趕緊做吧,免得一耽擱又忘了!我已深切體悟到時不我予,有了些挫折感啊!

　　　　　　　　　　　　　　(中國時報熟年周報 2007.05.03)

如廁大事

如廁所乃生活一件大事，如不順遂，情緒必大受影響。在都會區活動，想如廁時，找不到場所，膀胱壓力沉重，心急如焚，這時如能及時出現，解除重負，乃人生至樂。

公園五星級公廁

筆者夏天，常到陽明山後山公園，即設有「花鐘」處。選擇小溪谷旁的楓香樹下野餐，喝茶。幾棵巨大的楓香，茂密的樹葉，構築一處清涼的小天地。聆賞蟬鳴唧唧，鳥鳴啾啾，松鼠於樹枝間奔騰跳躍，一對色彩斑爛的五色鳥在枯木上築巢。滿眼翠綠的林子裡，聆聽天籟，心境寧靜平和。

附近一座廁所，編號是陽明山公園二號公廁。重新整建，於民國九十一年十一月才完工啟用。屋頂造型很特殊，像一座塔尖，改變廁所建築的傳統風貌。

廁所內部隨時都打掃得很乾淨，窗檯上一塵不染。擺設好幾盆生意盎然的小盆栽。最重要的是進入公廁聞不到一點點的異味。站臨小便池，面對窗外古木參天，一片蒼翠濃綠的景色，如廁成為賞心悅目，怡然自得的快樂事。

每次造訪，總留下美好印象，更感謝管理人員的辛勞與用心，為遊客營造方便時舒適而潔淨的空間。

如果我們公廁都能像陽明山公園一般水準，則可稱得上真正現代化的國家。

三民書局貼心的服務

到書局買書，筆者一定到三民書局報到，因為這裡的書籍種類齊全，分類仔細，場地寬敞，燈光明亮，氣氛寧靜，另一項為顧客設想周到的貼心服務就是三樓建有對外開放的廁所。

筆者親身體驗就是選購一本書必須耗費一點時間，等到內急時，如不能及時解決，強忍著繼續閱讀，實在是一件痛苦的事情。書局內提供廁所的服務，功德無量。

於市區尋找公廁不易，路過重慶南路，常借用三民書局廁所，緩解生理壓力，心情愉悅。就順便瀏覽群書，選購幾本想讀的書籍。

從媒體得知：三民書局開設五十幾周年，出版書籍多達六千種以上。在台灣出版界這兩項紀錄難能可貴。三民書局出版的大專用書，尤其文，法，商等學院使用的教科書更加齊全。

劉老板對文化事業的熱愛與堅持，對專家學者，知識份子的尊重，樂意將心血的結晶，研究的成果，交三民書局出版。這就是平均每年出版一百二十本書的重要因素之一。

文化事業連續經營半世紀，三民書局永續經營成功之道，必然有許多因素造成。其中門市部門對顧客與眾不同服務，銷售業績鼎盛，跟貼心的服務，必然有關。

城隍爺的慈悲

台北市武昌街城中市場繁華熱鬧地段，從清晨到中午這

段時間，購物人潮不斷，附近一座台灣省城隍廟香火鼎盛，信徒到廟裡進香祈願者，終日絡繹不絕於途。

　　有一次到延平南路一家攝影器材行修理相機。老板熟識多年，搭了一個多小時公車，膀胱開始抗議：工作超量，必需立刻舒解；不好意思開口借用廁所，因為廁所私密空間，一般不願意借外人使用。

　　情況急迫，不能再耽擱，即刻告辭，快步走到武昌街城隍廟，廟的右側設有公廁，及時化解危機，舒暢無比。洗淨雙手，向城隍爺膜拜一番，感念祂的慈悲，提提供潔淨的公廁，供民眾使用。

　　那一次的急迫的體驗，印象極為深刻。※

　　　　　　　　　　（更生日報　副刊 2012.5.18）

愛惜自己　珍愛另一半

老友老黃的另一半跌倒，頸椎骨頭斷了 2 節，成了半身不遂，最嚴重的是手指、腳趾都無法動彈，日常生活都要賴家人。兒子、媳婦都要工作，老黃自然得負起照顧老妻的責任；他說帶著妻子看遍各大醫院的名醫，南北奔波，真是備嘗辛苦。

老友喘了一口氣說，現在老妻雖然已經可以自由行動，但日常生活還得靠家人協助；他有感而發說，少年夫妻老來伴，這句話真的一點也沒有錯，夫妻攜手一生，到老就是互相扶持了；他也由照顧老妻的經驗提醒，上了年紀的人骨質疏鬆，千萬要小心，萬一跌倒傷到神經，復健不成，可能造成殘廢，後果不堪設想。

我自己向來很注意這方面的問題；我每星期都會帶妻子到溫泉區泡溫泉，以湯屋為主。曾到一家湯屋泡溫泉，當時妻子以洗髮精洗髮，地面濕滑而我未覺，我走到浴池附近地面滑倒，左手碰到門框，後頸椎碰到門框、直跌地面。

妻一見大為緊張，以為我受傷嚴重，趕緊把我攙扶起來。我的直覺是：可能手肘骨頭斷裂或頸椎受傷；當時我意識清醒，以手撐地板起身無礙，所以骨頭應該沒有折斷，趕緊安慰她，不要緊，只是手臂擦傷，一道小傷口。草草沖好澡，自行走下樓來，自己開車回家，倒車時頸椎感覺痠痛。

到綜合醫院看骨科，照Ｘ光片 2 張，結果頸椎骨正常，

神經部分則受到了輕微傷害，醫師開了 3 天的肌肉鬆弛劑與
鎮痛劑。

　　我開車時感到頸椎痠痛，可見頸椎神經還是受到輕傷。
服用藥物 3 天，痠痛舒緩。至於跌倒時，強烈撞擊門框卻沒
有太大的後遺症，表示我可能還存有一點「骨本」，我平常每
天喝好幾杯鮮奶，日行 6000 步以上，這些應該都有幫助。

　　跌一次跤後，我就在自家浴室地面加強防滑措施；健行
散步穿的鞋子，鞋底磨損立刻更換；登山時，持杖以防跌倒；
走濕滑地面時，更要步步為營，小心謹慎；看到老友為照顧
老妻耗盡心力，我更體會到：愛惜自己就是珍愛另一半，我
一定要更注意自己的生活和健康，讓幸福長長久久。

（中國時報娛樂版　2007.2.21）

再見吧！老相機

玩了幾十年的傳統相機，數位相機排山倒海，來勢洶洶，爭佔傳統相機地盤時，我曾經猶豫徬徨過：

是否改用數位相機？防潮箱裡的傳統相機何去何從？

後來得到一台四百萬畫素的數位相機，造型小巧輕便，隨身攜帶登小山，旅遊。

十年前孫子出生後不久，就以 DV 攝錄他的成長過程，以傳統相機攝影，留下許多孫子可愛的畫面。

單眼數位相機廣告出現時，我又心動了，想擁有一台高畫質的單眼相機。

攝影器材公司老闆建議：

「你擁有那麼多台傳統相機，趕快拿來寄賣，換數位相機，否則再過一、二年就沒人要，恐怕變成破銅爛鐵。」

聽了他的建議，搬到攝影器材公司，老闆看了名牌相機的鏡頭，搖搖頭說：

「鏡頭都發霉了！要脫手很難，除非賣便宜一點。」

妻說：

「不必賣了！放在防潮箱裡當古董吧！」

想起當初為了擁有名牌相機，存了稿費，陸續買進來；但又沒能發揮應有的功能，也十分懊惱。

十二年前偕妻前往歐洲，隨身攜帶一隻大型袋子，放進三台相機，加上鏡頭，重達六公斤。到達每個景點參觀時，

都背在身上，負擔很沉重。

妻看我背得太重了，把兩個較重的鏡頭由她背著，減輕負擔。到阿姆斯特丹時，同行的楊先生也愛攝影，使用日系的相機，在瑞士鐵律士山上為我們夫妻拍攝的合照。回到國內，他寄給我照片，效果很好，不啻專業人士拍攝的作品。

我領悟出好相機不見得能拍出好照片，擁有太多相機反而成了累贅，維修費非常昂貴。五年前開始，不再買傳統相機及周邊設備。

六年前膝關節退化痠痛不已，骨科醫師建議：避免背負重物，以免惡化。

現在出門旅遊時，只背一台 DV 及數位相機一體的相機，重量比一台傳統相機還輕，登個小山，逍遙自在。擺脫往昔沉重的器材，壓得人喘不過氣來。

最近整理孫子從出生現在的生活照，配合文字編輯「爺爺手記」，將孫子出生後到四歲，以傳統相機拍攝的孫子生活照片，挑出代表性的加以掃瞄，成為電子檔案。

他四歲以後改以數位相機拍攝，直接存檔，省掉沖印照片的麻煩，也節省購買底片的花費。逐漸體會出現代科技產品的便捷、經濟。熱衷撰寫旅遊報導文學時，與傳統相機朝夕相處多年，感情深厚。如今禁閉於防潮箱內孤寂冷清的小空間裡，冷落遭遇。

偶爾打開防潮箱，拿出心愛的相機，摩挲擦拭一番，回想往昔到處旅遊，拍攝各景點，留下許多綺麗的風光，意興風發的歲月，流逝殆盡。

　　最近看到美國知名的底片公司－－柯達，伴我幾十年。因為未能及時轉型，跟上數位化的腳步，業績衰退，唯有宣佈破產。往昔稱霸世界的影像事業崩潰，令人不勝唏噓。

（更生日報副刊　2012-05-29）

夢回球場

　　春節期間去電向五十年前老同事林兄拜年，聊及往事，最堪回味者：在中營國小，每週下午下班後打兩次排球的日子。

　　全校教職員二十幾人，郭老最年長，六十幾歲，準備退休年齡。盧校長五十幾歲，他是軟網高手，也陪我們打排球。

　　男老師分成兩隊，就要十八人，校長都會親自下場跟我們玩在一起。

　　他通常擔任中排攻擊手，我負責前排左，也是攻擊手。有一次舉球不明確，校長跟我兩人同時跳起攻擊同一個球，球沒越界，我的左肘重擊校長腹部，球賽暫停。

　　我大為緊張，向他道歉。校長露出安詳的笑容說：

　　「不痛！不痛！不礙事，繼續比賽。」

　　兩隊人馬由實力相當者猜拳分勝負分成兩隊比賽，往往天色已晚，分不出勝負時，摸黑比賽，狂熱情況近乎癡迷。一年下來，組成排球隊，稱霸下營鄉國小教師排球隊。參加曾文區區賽，與麻豆鎮培文國小教師隊爭冠軍時敗下陣來，無緣參加縣賽。

　　老蕭今年已經八十幾歲，兩年前睡夢中，夢見五十幾年前，兩隊比賽時，老林發一個強勁下墜球，老蕭擔任中排中要角。為了接球，移動身體，跌下床來，斷了兩根門牙，壞了門面，花了不少錢整修。

　　民國四十八年夏天，我北上升學，林兄第二年回到故鄉麻豆國小任教，一直到退休。有的同仁調離中營國小，士氣高昂的排球隊宣告解散；然而那段無憂無慮，上課認真教學，課後打排球的日子，成為老同事們見面閒聊時，共同的話題。沈浸於愉悅歡欣的回憶氛圍裡。

　　話題結束熱線電話時他說：

　　「現在能跟老同事聊古早事，乃老年生活最大的幸福。」

（中華日報副刊 2014.9.18 發表）

導演夢碎

退休前一年報上刊登文建會委託導演學會招考「影像創意班」，培訓影視導演人才。我準備應考必備作品—幻燈片去參加面試。

名導演之一擔任主考官，提問一般攝影技術之後，最後問關鍵性問題：

「你在學校擔任教職，為什麼還來受訓？」

「沒有退休之前，多學一種專長，為我的學生服務，將來退休，可以開創事業第二春。」

主考官或許因為我遠大的抱負，大發慈悲，同意錄取，成為全班最年長的「學長」。

上課地點在我的母校—師大視聽教育館，受訓時間半年，周一到周五夜晚上課。臨老還有機會當學生，學費，材料，器材費全免，當然把握難得機會，認真學習。每天黃昏，下班後就開車到師大上課，保持全勤紀錄。

澈夜錄影，老婆翻臉

結業前一個月，分組實習，各組要交出各十五分鐘錄影帶及影片各一部。錄影帶部分由一位在傳播公司任職同學負責編導。我服務學校的圖書館成為臨時攝影棚。因白天學生使用場地，只能利用於晚錄影。

有一天晚上工作到凌晨兩點，回到家裡剛好三點。妻還沒入睡，大發脾氣：「天都快亮了，乾脆就不要回來啊！」

我委婉解釋：「白天圖書館學生要使用，一定要晚上趕工完成。」

「年紀一大把了，還做什麼導演夢？」

受不了她的冷嘲熱諷，我也生氣了，吵醒睡夢中成年兒女。他們充當和事佬，調停父母爭端。

妻一直認為我將來真的從事影藝工作，必須熬夜，生活不正常，影響健康，一直就很排斥。她看到我們還在實習階段，就要熬夜。將來真的從事這個行業，那還得了？

妻出自愛夫心切的立場，極不贊成我的事業第二春的生涯規劃。後來我明白告訴她：「多學一些技術，退休後日子才不會無聊，不一定去拍電影，當導演。」

她不再反對，甚至後來到我們家客廳當場景，她還熱忱招待同組的組員們。

實習短片─秋茶的滋味

經組員討論後，大家同意使用我發表過的短篇小說「仁心仁術」改編為劇本「秋茶的滋味」，順理成章的由我當導演。

演員由八個組員擔任，因為我們請不起職業演員。場景部分在我家裡，主要場景借用朋友在林口一處山谷裡的農家，風景秀麗，大家都很開心：到現場拍片，當做去郊遊，氣氛輕鬆愉快；但我很緊張，編導一把抓，就必須負起成敗責任。身兼劇務，還要兼司機，接送演員到片場。

忙碌工作兩天，拍攝告一段落，全體組員和朋友家人吃火鍋，以示慶祝，感念朋友全家人全力協助。

後製作工作最難部分就是對嘴配音。為一句對白，有的

錄十幾次才完成。因為班裡借我們使用攝影機是 16 厘米老舊機器,不可能現場同步錄音。這時我們才深切體認電影製作過程的艱辛。

在全組人員通力分工合作下,完成錄音,剪接等工作。順利如期交出實習成績。各組全部完成後,老師與學員一起觀摩作品。其他各組負責講評的老師都有不錯評價。對我們作品—秋茶的滋味,評語是:

「很像一部社教片」。

老師一語道破秋茶的滋味傳統保守的調性,缺乏創作平淡敘述。剎那間我的心都涼了,被讚美的期待完全落空。愧對同組成員,要不是我一意孤行,經大家腦力激盪,深入探討其他題材,也許可以拍出較具水準的實驗作品。

放映給學生觀賞

秋茶的滋味雖然不能得到評審老師青睞;但主題絕對正確。向製片廠買一卷影片(新台幣五仟元),作為紀念,畢竟是自己心血結晶。

影片拿回家,沒人欣賞實在太可惜。發現學校一部電影放映機;但無法使用。經多方打聽,找到一位老師傅,幫我修好機器。

利用視聽教室放映給學生們觀賞。終於有了一批觀眾,看過我們努力創作的作品。

我特別帶著放映機到借我們場地的朋友家去,特別放映一場,觀眾寥寥數人,映畢獲得熱烈掌聲。

學成之後,買一台攝影機,錄製全校學生在校活動情形,

包括社團活動。剪輯成「吾愛吾校」專輯。搬出全校所有電視機，利用週會時間，播放給全校師生觀賞。

感念當時張校長開明作風，容忍我這種史無前例的作法。他自己坐在禮堂司令台上專心看了四十分鐘。

退休後我沒有機會圓導演的夢想；但我錄下林口竹林寺的風貌及部分宗教活動的紀錄。現在舊廟已拆除重建，或可留給後人參考。

（更生日報發表）

大磺嘴的故事

　　小朋友你到過北投嗎？惇敘高工南側，一處凹陷的小地，就是大磺嘴。也就是台灣最早採集硫磺的地方。

　　康熙 35 年（西元 1696 年）福州府的火藥庫突然起火，燒掉製造火藥的原料—硫磺。負責管理官員必須負責賠償，到處搜購，卻買不到。後來聽說台灣北投地區盛產硫磺；但地形險惡，採硫磺礦非常危險，沒人敢冒險。

　　浙江仁和縣郁永和很喜歡讀書，也愛冒險。聽到福州府的消息，自告奮勇應徵到台灣採硫磺礦。

　　西元 1697 年二月下旬，他從搭船廈門出發，經澎湖，到達郡治（台南，採購工具，雇用工人。一切準備好了，同年四月初，走西部陸路，經過半線（彰化），竹塹（新竹），最後到達八里岔（八里），總共走了二十天。搭船渡過淡水河，到了淡水。5 月 2 日從淡水乘船經甘答門（關渡），郁永河船隊到達北投附近登陸。雇用原住民當嚮導，帶領採礦人員上山，到達大屯山下的大磺嘴。

　　從郁永河撰寫的「裨海紀遊」一書中，生動描繪到達現場情形：

　　「…又登上一座小山，突然覺得鞋底熱起來，草枯黃了，沒有一點生氣。前面半山腰，縷縷白色煙霧蒸騰，彷彿山中雲霧突然湧現，於青翠山巒間飄蕩。」

　　嚮導說噴出煙霧的地方就是硫磺的氣孔共有五十幾個氣

孔,不斷的冒出白色硫氣,風吹過來,充滿刺鼻的硫磺味…。」

郁永河雖然找到硫磺礦;但採礦工作進行並不順利,許多工人病倒了。夏天遭遇大颱風,吹垮工寮。等颱風過了,重新搭建,繼續採硫工作。

到十月初,終於完成工作,在台灣停留七個多月,完成採硫,煉硫任務,雇船從北投到淡水出海,回到福州。

台北市文獻委員會在大磺嘴附近,龍鳳谷遊客服務站入口處,立了一塊「郁永河採硫處」的石碑,紀錄這段歷史。

大磺嘴也是戶外教學觀察地質最理想的地方。可以看到地熱井,蒸氣孔,硫氣孔等。

從士林搭 260 公車,在大磺嘴站下車,徜徉周圍步道,緬懷先人開發臺灣的艱辛,體認大自然的奧妙。

（國語日報）

懷想電姬館

麻豆鎮中山路 112 號，一幢西洋風格二樓建築物—電姬館，這名稱在台灣各鄉鎮十分罕見。筆者父親生前告知：1937 年（昭和 12 年）落成時，業主請日本地方官員命名為電姬館，即放映電影，藝姬表演的場地，後來歌仔戲，歌舞團也都在館內演出，成為鎮上的娛樂休閒中心。

電姬館佔地約一百二十坪，主體建物結構以鋼管，鋼片為主。立面二樓裝設方形玻璃窗戶，女兒牆上兩側以浮雕獅頭各七個來裝飾，中間突出部份書寫「電姬館」三字，台灣光復後雖更名為電姬戲院；然年長朋友仍以電姬館稱呼。

真正與電姬館接觸在上初中時，每天放學後撿戲尾。看戲院大門的阿伯，戲劇結束前半個小時，大發慈悲，讓我們一大群同學進到戲院裡觀賞歌仔戲，結束前精采的高潮戲，令人入迷。戲院裡每張木板凳子坐滿觀眾，瀰漫著濃濃的煙味，混合密閉空間裡特殊的氣息。擠在人行道上專注觀賞舞臺上演員賣力的表演，享受我們一天當中最美好快樂的時光。等散了戲，再結夥步行三十分鐘回家。電姬館就是我們中途休息站，記憶深刻。

戲院門口隨著季節變化，攤販擺出各種不同的零食，點心。夏天賣各種冰品，冬天烤魷魚，香腸，水煮玉米，菱角，空氣裡蒸騰著食物的美味。口袋裡難得有零用錢，沒錢購買，只好多吸幾口美好的氣味來解饞。

　　初二時，父親將汰換的腳踏車交給我騎，放學後擔心腳踏車遺失，放棄撿戲尾的樂趣。初中畢業，到外地就讀師範，告別家鄉。鎮上建造一幢嶄新的戲院，電姬館的觀眾流失一部份。等電視一出現，戲院的業績，開始走下坡，最後無奈結束營業。

　　每次南返，路過電姬館，刻意停留瞬間，多看幾眼：早年宏偉建築，立面華美的浮雕，斑駁脫落，門窗破損，風華褪盡；然而半世紀前提供我們免費的庶民的娛樂，卻是點滴在心頭。

（中國時報副刊發表 2004.1.22）

父親的「家族名簿」

父親往生後，從遺物中找出伴隨他半輩子的一本「家族名簿」。

封面以厚紙做成，歷史久遠，以鋼筆書寫「家族名簿」四個字，字跡工整，然而墨色褪了，封面破損。

童年記憶裡，父親慎重保管「家族名簿」這本小冊子，用牛皮紙袋裝起來，慎重存放於書桌的抽屜裡，我們不敢任意去碰觸它。

遇到重大事情，必須登載時，從抽屜裡拿出來，嚴謹記載完後，又放回原處。

內頁以當時「戶口清查表」裝訂而成，製作年代是民國36年8月1日，距今已有60幾年歷史。登載資料從曾祖父母到我的祖父母，生年月日及辭世的時間。父母親，我的兄弟姐妹，媳婦，女婿，孫兒女，曾孫兒女等，姑母，侄兒女等，連農曆的出生時辰，也記載得很詳細。

兄弟妹各自婚嫁，成家立業後，戶籍遷出居住地，父親細心留下一份戶籍謄本，完整裝訂於家族名簿內。現在我要查閱家人原始資料，不必到老家所在地的戶政事務所，非常方便。

留下一份戶籍謄本，可以領會父親的心境，或許有點不捨，兒女長大，如同幼鳥長大，翅膀硬了，可以單飛，獨立求生了。放心的讓成家的兒女們，闖盪江湖，努力經營新家庭。

這本名簿就是我家歷史的重要史料，父親費神搜集家族成員的基本資料，連續登載半世紀，一一詳加記載，無一漏

列。

以製作年代推算，父親當時年齡 25 歲（民國三十五年左右），台灣光復不久，時局動盪不安。服務的學校暫時關閉，領不到薪水，生法陷入困境。一度到新竹購買煙葉，回家以手工製作煙捲，拿到市場旁邊擺攤販賣，賺得蠅頭小利，勉強持溫飽。

家族名簿裡頭夾一份麻豆埤頭陳家族譜，這是一項大工程，父親從渡台始祖陳士定開始，到第十五代，繪製成表。因尚為缺乏參考資料，他把族人耆老列為請教諮詢的對象，一一前往討教。

到各族人家中廳堂中的神主牌位，翻閱出生及往生日期。到各族人家去要來名冊，詳細列入。

各家戶如增加男丁，獲得消息，立刻填寫到族譜內。

本來有意編輯妥當後，出版分贈族人。因資料不斷增加，無法定稿，就以影印方式，將族譜原稿影印，分贈族人。

當時父親家計負擔沈重，卻有建立家族資料的遠見，建立家族成員完整基本資料。

每當翻閱破損不堪的家族名簿時，想到再過一段時日，紙本再過一段時日，可能毀損，打算以掃瞄方式製成檔案，加上家族史的文字檔案，燒錄成光碟，可以保留更長的時間，分給弟妹各家族成員，作為紀念。

（中華日報副刊　2012.4.21）

父親的筆記本

　　父親往生十二年，從老家帶回一個他生前使用的公事皮包，表皮脫落，殘破不堪，不知為什麼，卻一直沒去仔細翻動。

　　今天拿出公事包，一一翻開來，看到裡面存放父親學經歷證件、獎狀多幀、退休申請全部證件、服務學校同仁團體相片、收集家族的重要文件等，好大一堆呢！

　　皮包內還有三本筆記本：國語學習簿、唱歌雜記帳、學習帳。分別記錄光復初期、參加講習會、從注音符號學起的艱辛過程。國字旁邊都加上注音符號。

　　民國三十五年九月國民小學重新開學，教材還沒發行，國語課本採用閩南語發音，我們學過：「人有兩手，一手五指」的教材。學了一段時間，老師們上午在學校上課，下午到鎮上參加講習會，第二天早上到學校上課。等老師們學會注音符號，再回學校教我們。

　　從筆記本封底的「時間表」裡，看出講習會每天下午一時上課，到下午七時下課。課程國語、算術、地理、歷史、自然、音樂、衛生、經濟、政治、遺教（國父遺教）、體練（體操訓練），另有一節國父紀念週。每星期上五天課，每天六堂課，密集的講習，當局希望能使學校教育步入正軌。其中國語課程偏重注音符號的練習。

　　曾經看過父親晚上回家後，拿出注音符號不停的練習，

對ㄅㄆㄇㄈ的發音，認真專注，想趕緊學會，才能在教室教學生。

父親國字以鋼筆書寫，非常工整，勤作筆記。另外以國字抄下「九九乘法表」。國歌、國父遺囑也抄寫得很工整，可能還要花點時間背誦。筆記本紙張雖已泛黃，然而過了六十幾年，字跡依然清晰，墨水沒有褪色。

學習帳的封面底頁，抄寫「台南縣公務員服務守則」。

一‧赤膽忠心報國家。

二‧真心誠意愛百姓。

三‧徹底改造舊社會。

四‧努力實現舊社會。

五‧做事必須負責任。

六‧行動定要守紀律。

七‧集中意志為事業。

八‧奉公守法重綱常。

九‧日新月異求進步。

十‧自強不息圖富強。

十一‧營私舞弊不寬恕。

十二‧貧貪贓枉法要嚴懲。

十二條守則現在不容易看到了，意外在父親筆記本裡發現。當時縣政府把教員視同公務員，要求公教人員的服務態度，應遵循的準則有所遵循。

唱歌雜記帳中，記載下來閩南語俚，諺語集共有七頁，四百多句，搜集不易。一份研究閩南語俚，諺語極為珍貴的

資料。但不是我父親的筆跡，誰幫忙整理抄錄？又怎麼到我父親手中？現在無從查考。

　　三本筆記本歷史，已超過一甲子，封面破損、斑剝，內容卻是父親從頭學習國語文艱辛歷程，我必須妥善保管，做為家族史重要的紀錄。

（中華日報副刊　2011.5.24）

串聯五代人的記憶

我的妹妹秀蘭懷想起她童年往事，向我要一張當年她就讀小學時全家合照的老照片。

照片沒找到，找到底片；然而因年代久遠有點破損，請熟識的沖印公司幫我沖印六張，分贈給弟妹們。

影中人祖父及父母親都已往生。我兄妹除么弟外都升級當了祖父母。

這一張47年前的照片是我家第一張家族合照。當時相機價格昂貴，攝影時，請照相館的專業人員載笨重的蛇腹相機來我家拍照，因此費用不便宜。

父親當年可能看到三個在外求學的孩子回家團聚，心情特別好，才捨得花錢留下彌足珍貴的照片。

另一幀老照片，相紙泛黃，部分畫面斑剝，是我姑母結婚時在姑丈家拍攝的團體照。我與二弟，父親，祖父都在其中，年代超過65年以上。

為了找老照片，年代久遠，雜亂堆疊，尋找不易，興起將全部老照片整理分類的念頭，這項工作必須耗費不少時間。

我與二、三弟結婚團體照，經過四十年，保存極為完整。當年翩翩少年，現在都成了老人。我們的童年影像除了國小畢業照之外，成年以前幾乎一片空白。

祖父，外祖母的照片，都是我剛開始學習攝影時拍的黑白照片，完整保留下來。

一張很珍貴的黑白照片是我二姨婆（祖母的妹妹），到我家時拍攝的生活照。二姨婆往生後，送給表叔，他如獲至寶，欣喜不已。

　　舅父母，姨母，姨丈，舅公，姑婆，姑丈公（姑婆先生），也都在聚會時留下影像。

　　父母親留下的，都是父親參加他服務的小學，帶著母親到全省風景區觀光遊覽時，兩人展現短暫的笑顏，留下來的鏡頭。還有每學年學校教職員工都會拍攝一張團體照，全部保留下來。

　　民國 65 的年之前的照片都是黑白的。民國 67 年我擁有第一部單眼相機，拍攝相片也進入彩色相片時代。

　　兒女的成長過程，童年保留最多，斷斷續續拍下來，全部是黑白的。等長大了，拍的照片更少。孫子出生後，到五歲之前，阿公，阿嬤幫忙照顧，因此拍得最多，紀錄最完整。

　　發表幾十篇照護孫子的文字，加上拍攝的一百多幀照片編成「爺爺手記」，接洽出版社，希望獲得出版機會。

　　我夫婦兩人到世界各國旅遊照片，整理成兩大冊留下來紀念。選擇重要相片掃描存檔起來。

　　把第一代祖父，第二代父母親，長輩姻親存在一個檔案，成為共同檔案，加上弟妹們各家檔案，分別燒成光碟，連同保管的老照片發還各家庭。

　　年終二弟生日時，邀兄弟們聚餐，把他與我合照的照片，沖印一份，貼成紀念冊，另加一片光碟，做為生日禮物，想必他一定很高興。

　　花了近兩個多月時間，完成祖父，外婆，父母親，兄弟，兒女，孫子等五代人的照片整理工作，終於完成；然而唯一的缺憾就是許多照片沒有註明拍攝日期、地點，年代久遠，已經想不起來了，無法標記。現在使用數位相機拍攝，都能記錄拍攝時間，地點則可在建立資料夾時標示出來，方便多了。

　　我是外婆長外孫，最得她老人家的疼惜。把我保存的老照片，掃描沖印出來，分贈給表弟妹們，重溫她慈藹的容顏。

　　整理完成五代人的家族相片，紀錄家族影像的歷程，終於鬆了一口氣，意外完成一件家族大工程。我是長子，保管文件及影像資料，串聯家族記憶，責無旁貸。趁機做一次生命的回顧，緬懷過往的歲月，驀然回首，驚覺垂垂老矣！

（中華日報副刊 2007.12.27.）

回老家過新年

　　春節是國人最重視的年節，返鄉團聚，闔家歡樂的日子，離鄉的遊子總要竭盡所能地回到老家過年。早年為了南返，都要想盡辦法買到火車票，帶著年幼兒女搭上火車，順利回到老家。

　　有一次北上時，只買到兩張對號車票，帶三個孩子，只好輪流坐，最小的擠在兩人中間。兩個較大的孩子，輪流站著。

　　老大站累了，問我說：「爸爸！為什麼要回老家過年？坐火車站那麼久。」我只好讓位給他，告訴他說：「一年回老家一次，陪爺爺、奶奶他們；還有爸爸也跟叔叔們聚一聚啊！將來我們老了，你們長大了，過年也要回來跟我們團聚啊！」

　　高速公路還未建好前，我便買了車子，返鄉過年就不必擔心交通工具。全家人搭一部車，循台一線（省公路），車子要開八小時左右才回到家。當時年輕，開一整天的車子體力沒問題。等有了高速公路，交通更便捷，挑不塞車的時段，車子開上高速公路，三個小時就到家了，不必託人買車票。

　　現今有事返鄉，搭高鐵一日往還；必要時開自用車跑高速公路，由兒子開車，我變成乘客了。

　　民國六十年代，交通工具不多，有一年最疼我的外婆，母親帶她來我家過年。五個兄弟已有三人結婚，連小朋友一共有十幾人，非常熱鬧。突然想起大年初一，何不舉辦全家郊遊。提出構想時，父親欣然同意。交通工具呢？母親思慮敏捷，她說：「鄰居金木買一台卡車，專門替人載運貨物，我去問看看明天有沒空載我們出去玩。」

　　母親去交涉結果，金木答應了，車價一天載貨壹仟元，因為是鄰居，只收捌佰元。因為是我提議的，車資由我負責。當時曾文水庫剛落成不久，大家都沒去過，地點決定好，母親就著手準備郊遊的午餐。

　　年初一大清早，金木中型卡車開到我們家來，父親特別邀請進丁叔公來參加，他帶來最拿手的樂器—口琴來助興。一家老少全爬上卡車，母親陪婆坐在駕駛座旁的座位，車子一路開到目的地。

　　參觀大壩時，遠望蓄著萬頃碧綠的湖水，心情便特別舒暢。我們找了一塊平坦的草地，鋪上塑膠布，母親搬出一袋袋食物：肉粽、菜頭粿、發粿、烤香腸、白斬雞肉、滷味，加上水果，食物極為豐盛，飽食一頓風味別具的野餐。

　　飯後進丁叔公掏出口琴，開始吹奏他最拿手的臺灣民謠，我們跟著節拍合唱起來；外婆會唱的，也跟著大家哼起來，嘹亮的歌聲引起路過遊客側耳傾聽，有的甚至停下來，聆賞我們全家人歡樂的場面。

　　當天最快樂的人是外婆，整個風景區裡看不到裹小腳，走起路來顫危危的老婦人，好奇的年輕遊客盯著外婆的三寸金蓮，評頭論足一番。她生平第一次參加所謂的「郊遊」，她說：「從來沒看過那麼多人看我的小腳，真奇怪。」

　　現今兄弟聚會，聊及當年全家春節郊遊的情景，歷歷如繪，歡樂情境令人流連。

（青年日報副刊　2012.2.7）

祖父的攤販生涯

父親公事包裡頭，收集一張祖父名下的攤販證，因年代久遠，破損不堪。民國五十一年十二月一日，台南縣衛生局頒發，成藥攤字第五十號。

祖父年輕時，曾經開設藥材行，就是中藥批發商，生意鼎盛，事業達到高峰；然而西元 1937 年，日本發動侵華戰爭，來自大陸的中藥貨源斷絕，只好結束營業。

祖父因家庭因素，離家遠走花蓮。台灣光復後返鄉，雖然試圖東山再起；然而苦無機會。只好於菜市場旁邊擺攤，替客人相命，為新生兒命名，免費服務。以販賣成藥，賺取微薄利潤來維持生活，不願意依賴兒女。

三弟頗有美術天分，祖父擺在地攤上的「廣告看板」，都是找三弟幫他繪製的。

找一本相書上的人頭臨摹，繪成大人頭，標示出人臉龐上痣的名稱，供客人瞭解自己臉上的痣，與個人命運是否相關。

另一項拿手的服務，就是為新生兒命名，農村的朋友家裡媳婦生了兒子，總會想到找我祖父命名。

他生前常提及：命名時為慎重起見，總會再三斟酌，從出生時辰，到姓名筆畫，都要慎重其事。

祖父替人命名歷史悠久，我父母親結婚得早，因此祖父42 歲就當了「阿公」。我是他的長孫，得到他特別的重寵愛。親自由他慎重命名，名為「文榮」，終生都與文沾到一點邊。臨老還徘徊流連忘返於文學的園地裡，難道這是因為名字註定的命運？

　　祖父為我三名子女命名的紅紙條，已經有點退色；然而他老人家的筆跡，流露出對曾孫們的關注與慈愛。

　　祖父記憶力很好，章回小說看過一次，就成為他講古的內容。沒顧客相命或命名時，他就在現場講古，吸引幾十個客人，蹲在攤位前，圍成半個圓圈，神情專注聽他說故事。

　　祖父很會控制現場氣氛，每到故事高潮，就會停頓下來，賣一點高麗人參，解傷去鬱的傷藥粉，補元氣的補藥丸。

　　做了一點生意，喝一口水，再繼續講古，他自己往往沈溺於故事情節當中，聽眾也聽得入神。

　　他的交通工具就是一部腳踏車，椅墊後裝一個載貨的鐵架，把貨物裝在木箱裡，載到市場固定角落，卸下貨物，擺出販賣的幾樣商品。他騎腳踏車的技術極好，到了晚年，即使載貨，也可以騎得很平隱。

　　祖父七十六歲那年不幸中風，停止攤販的營業。父親接他回老家，臥病在床，意識卻很清楚。

　　祖父性情樂觀，豁達，一生當中從不與人結怨，也不爭名奪利，留下很好的聲譽。

　　有一次在麻豆菜市場旁邊一家餅店買伴手禮，老板端詳我好一陣子，突然問我：

　　「你是例章伯的家人嗎？」

　　告訴他我是他的最大的孫子。他一直稱讚說：

　　「你阿公是大好人，脾氣又好，沒看過他發脾氣。」

　　八十歲那年，抵不過病魔的折騰，祖父走完人生的旅程。目睹陪伴他多年的攤販證，也是他唯一留下來家族史的文件，彌足珍貴。引發我無限的懷念與哀思。

（中華日報副刊　2012.3.29）

日治時期的戶籍謄本

為了申請參加徵選資格，到戶政事務所申請出生地的戶籍謄本。承辦小姐很親切，立刻操作電腦，掃瞄一下身份證，列印出一份日治時代的戶籍謄本，戶主是祖父，從未見過的資料。

小姐問我日治時期可以嗎？

我想應該使用光復，記載台南縣麻豆鎮等資料記載，才符合主辦單位要求。

她又列印一份，戶長是我父親的名子。確定之後，她想把日治時代那份收起來。

問小姐說能否帶走？

她說繳費就行。

交了新台幣三十塊錢，帶回兩張。寄妥應徵稿件後，仔細閱讀那份日治時期的戶籍謄本。

表格印刷紙本，內文以毛筆工整的楷書書寫。事由內文敘述最多。位址到日期全部以漢字寫出來，但語法改用日文。如寄留地，就是寄居地，退去就是現在遷出之意。

事由欄底下細分六個小欄位：種族：填記：福，即為福佬人。另有阿片吸食一欄（阿片即為鴉片）。日人治台時，總督府以專賣鴉片膏獲取暴利，充當經費，於戶籍謄本上公然註記。剛開始治台時，吸食阿片並不違法。婦女同胞纏足，也沒有明令禁止，才在戶籍謄本上列入登載的欄位。

日本治台之前，婦女同胞自幼年時就要纏足。成年男子擇偶時，把姑娘纏足列入審美標準，三寸金蓮即為美女的重要條件。後來當局為了保國強種，減少天然災害時的傷亡，尤其地震逃難時，纏足婦女行動緩慢，傷亡比率高於男性。地方士紳，知識份子，組織＜解纏會＞積極倡導解放纏足的習慣。台灣日日新報舉辦＜解纏政策＞的徵文比賽。也從學校教育著手，宣導纏足之害。最後才明令禁止纏足。解纏後婦女同胞也可參加生產工作，如下田從事農耕，促進經濟的發展。

種痘填記（一，二，三）的文字。指戶主種痘三次的紀錄。可見當時十分重視公共衛生。

另一欄（續柄）即指親屬，血緣關係，戶主欄下，有榮稱一詞，照中文語意指榮耀的頭銜。

從事由欄中祖父曾寄居高雄，（大正10年10月－大正11年4月）後來遷居台南縣六甲鄉，（大正12年2月－9月）。最後遷回本居地：台南州曾文郡麻豆街埤頭老家。

祖父遷居經過生前未曾透露，父親也從沒提過。從日治時期的戶籍謄本中，填補家族史中關於祖父離家這段空白。

我祖母生下父親剛滿月歲時即辭世（大正10年5月），享年24歲。

當時祖父名下擁有3甲良田，不愁吃穿。從記載中發現祖父離家遠走高雄的日期來推斷，祖母辭世於大正10年5月，祖父同年10月離家，應與愛妻別世，極度傷心有關。

祖母乃麻豆街上蔡府的名門閨秀，下嫁到鄉下的農村，

祖父母相當恩愛；然祖母因病早逝，剛滿周歲的父親也頓失生母的照顧。

　　祖父後又續絃，育三女一男。繼祖母忙於照顧親生兒女，管理家務。父親幸有他外婆協助悉心照料，才能順利長大成人。

　　申請戶籍謄本意外發現日治時代管理戶政的內容。在我邁入老年時，才瞭解祖父對祖母的深情。

（中華日報副刊 2013.5.20）

我家的傳家照

暑期回鄉家族合影，49．8

　　蘭妹前年見面時，提及她就讀國小時全家拍攝的一張照片，問我能否給她一張。

　　從一大堆老照片中翻出民國49年8月在麻豆老家拍攝的家族照片，經過近半世紀的歲月，畫面斑剝泛黃，中間一道摺痕，更顯得老舊，家族中最早唯一的照片。

　　依稀記得保留底片，花了兩天時間，終於找出來。經照相館老師傅悉心沖印，效果超好，黑白分明，亮麗如新，讓全家人的影像停格於半世紀前。

　　沖印六張，分送給四個弟弟，一個妹妹，並把家族其他照片，掃瞄，製成光碟，各送一份，做為各家庭的傳家紀念

照。

民國 49 年的夏天，我上台北工讀，二弟在臺東擔任警察，難得放假回家，三弟就讀師範，六弟就讀初中，么弟，妹妹還在國小就讀。

全家人難得團聚，父親心情大好，邀平時住在街上的祖父返埤頭老家來，拍攝家族照。

麻豆街上開業的柳老板是父親舊識，他扛著笨重的蛇腹相機騎腳踏車到我家來。前排安放四張椅子，中間兩個位置坐著父母親，父親左邊是祖父，母親右邊是我，前排兩旁分別站立蘭妹與么弟。後排站在中間的是三弟，左側是二弟，右側是六弟。照片背景是老家房子，庭院前種植一排扶桑當圍籬。家人表情木然，臉上都沒有露出笑容，只有二弟抿著嘴唇作微笑狀。

當時祖父已經 65 歲，日治時期，曾經營中藥批發，二戰爆發，因藥材來源中斷，結束營業。對中藥材頗有心得，又自學命理，熟悉多則民間故事。

台灣光復初期，就在市場一隅擺攤，每天在攤位上開講，吸引一群忠實聽眾，聽他精采的說書。除了開講，也替顧客們相命，為新生兒命名，全部免費服務。以販賣補藥，傷藥粉，跌傷膏藥，做為收入來源。

祖父生性樂觀和善，從不與人結怨，對孫子疼惜有加，盡力呵護。家庭生活艱苦的年代，家裡不可能給我們兄妹零用錢，只要去找他老人家，叫他一聲「阿公！」都能得到滿意的獎賞。

祖父往生多年，兄妹們聚會時常提及阿公，他慈祥的容顏，惦記在心頭。

祖母是麻豆街上蔡家望族，生下我父親周歲時，因病往生。祖父續弦，繼祖母又生了三女一男。在繼母嚴厲管教撫養下，才能順利成長。幸虧曾外祖母對我父親格外疼惜，祖父盡力栽培，公學校畢業後考上日治時代「高等科」，才能謀得國民小學教職，養家活口。

光復不久，民生凋敝，光靠父親一份微薄薪水養活一家八口，確實很不容易，日子過得很辛苦。

父親一生從事教育工作，對子女教育格外重視。家無恆產，兒女受兒女接受良好的教育，才有出人頭地的信念。我身為長子，他對我的期望特別高，初三畢業前，他要我報考師範學校。西部的學校競爭激烈，不容易考取，他勸我到東部應考，果然僥倖考取，奠定從事教職的工作，如果沒有父親的堅持，我的一生不可能那麼順遂吧！

母親認同父親兒女必須接受教育，才能出人頭地的理念，她以實際行動盡力協助父親。

母親決定到台南批發布疋，以扁擔挑著兩包布往來附近幾個村落兜售，烈日下，汗水淋漓，寒風中，直打抖擻，咬緊牙關，巡迴於各村落之間，賺取一點利潤來貼補家用及兒女的學費。

母親的耐心與毅力超乎一般女性，她雖然不識字，卻通達事理，對兒女生活常規訓練，應對進退要得體，要求十分嚴格，對待親友長輩，必需恭敬有禮，如果違反，必受懲罰。

自小養成習慣，終生受用不盡。

　　五兄弟，一妹，除么弟外，現在都已退休，升級當了祖父、母。分居全省各地，為了維繫兄弟妹情誼，凝聚親情，我們每年於清明節前後，返鄉祭祖後聚餐。兄弟妹不定期輪流舉辦郊遊，珍惜晚年手足親情共處美好時光。

　　祖父，父母親先後往生；感念他們艱苦奮鬥，盡力栽培我們的苦心，造就六個幸福美滿的小家庭，感念父母辛勞養育之恩，現在繁衍家族人數多達 53 人。

　　第三代孫兒女們於各行業都有很好的表現，老人家在天之靈一定很欣慰吧！

（中華日報副刊 2015-04-03）

畢業五十年同學會

去年元旦那天，應邀南下參加五十年前（民國四十八年）教過的中營國小（台南縣下營鄉）畢業生（第十四屆），一〇六位畢業生，參加的同學五十三人，剛好達到半數，由幾位熱心同學籌備，連絡全省各地來自各地同學，返校參加，十分難得。當天由李格君陪我南下，出了嘉義高鐵站，專車接送我們回中營國小。

借用學校場地開同學會，請老師們坐在前面，講述五十年前的故事。

蕭老師一輩子都在中營國小任教，長達四十一年之久，屆齡才退休。因此中營國小畢業的部份祖父，父親，孫子三代人都是他的學生。參加這次同學會時，他說了一則故事：

「有一次他參加國樂演奏會，觀眾裡有位中年男人喊他『老師！老師！』」。

蕭老師點點頭，跟他打招呼。他指著正在台上賣力演奏樂器的一位年輕小姐說：

「她是我女兒，應該稱呼您師公。」

音樂會結束後，散場時碰見一位七十多歲的老人，也興奮的喊他：

「老師！老師！好久不見了！」

剛剛在台上演奏的小姐跟著她父親走出來，對她說：

「這位蕭老師是阿公小學的老師，妳應該稱呼他為『師

祖』」。

蕭老師說他在一個多鐘頭內連升兩級,引起大家哄堂大笑。

林老師教十四屆畢業生時間最久,師範學校一畢業,就派到中營任教,從三年級教到畢業為止。他說了一個故事:

「曾文初中民國四十八年入學考試當天,剛好遭逢八七水災,我到菜市場買同學的午餐,拿到考場時,全身都濕透了,怕同學們挨餓,沒回家換衣服,趕到考場時,氣溫下降,凍得幾乎受不了。看大家吃過午飯,休息一陣子,又進考場後,才回家換衣服。事隔五十年,只要想到八七水災淋成落湯雞狼狽的樣子,就會想起各位同學參加入學考試的往事。」

當時林老師盡全力呵護照顧學生如子弟,也贏得學生們一輩子真誠的敬重。

李老師說了一則溫馨的故事:

「我在中營國小任教十年,最後調到高雄任教,有一天家長「請伯」,用扁擔挑了一籃鴨蛋,一籃菱角到我家來,說是他自家生產的土產,不值錢。當時交通不方便,輾轉換車來回到達高雄要一天的時間。家長誠摯純樸的情誼,令人好感動。」

請伯要離開時,李老師發現他的褲袋破了一個洞,提醒他,用手一摸,發現褲袋裡的皮夾不見了。他搭車時遭竊,連回家的車資都沒了。李老師送他足夠的車資,讓他順利回家。當時家長對教師的敬重,令人意想不到。

以前天真活潑的小朋友,歲月染白了學生們的黑髮。聆

聽精采的人生故事，彷彿又回到五十年前的情境，專注的神情，漾在臉上，沒人擾亂教室的秩序，室內卻不時迸出依然純真的笑聲。

　　最後我提出：簡單過日子，生活步調放慢，與別人分享三點勉勵同學們。※

　　　　　　　　　　（更生日報副刊　2013.11.18）

合爐儀式後留影

十六年前父親週年祭前一日，按照家鄉習俗，必須進行「合爐」儀式。兄弟姊妹都必須回老家，一起進行。

父親往生後，農曆初一，十五都要準備菜飯祭奠。兄弟們分居各地，採取輪流方式回老家，如果碰到大年節，還要提早一天祭奠。

每次回老家，提前一天準備，偌大宅院孤零零的。兒時回憶填滿孤獨的空虛。想起父親在世時，逢年過節，兄弟姊妹很不容易全員到齊，這次「合爐」全到齊了。

下午四時，先準備牲禮，紅圓，發粿，菜肴等祭奠，焚香禱告：從今天將神主牌位放到神主龕（公媽龕）裡，與祖先們共同接受奉祀。

另外還得準備一份菜肴，牲禮祭奠祖先，報告從今天和新魂魄歸隊的情形。

三弟寫一手好字，事先以工整楷書寫好神主牌位，祭奠完成將臨時牌位焚化，新牌位放進神主龕裡。抓三把臨時香爐的香灰放進老香爐裡，「合爐」儀式圓滿完成。

第二天中午，家人做了一桌父親生前喜愛的菜肴，虔敬祭奠。兄弟妹再度團聚，就在大廳裡享用午餐，氣氛祥和，溫馨。

餐後就在老家大廳門口，拍攝紀念照。留下珍貴畫面，洋溢手足之情。

　　現在我們五兄弟一妹中除么弟外都退休了，也升級當阿公阿嬤。么弟在六十歲時，也榮獲台大公共衛生學院職業醫學與工業衛生研究所的博士學位，填補我兄妹沒人擁有博士頭銜的缺憾。

兄弟妹六人，妹婿，三弟媳，作者之妻計九人，儀式圓滿後於老家前合影留念。

姑母的結婚照片

　　姑母是父親同父異母的妹妹，成人後嫁到我老家隔壁的聚落－佳里興。明鄭時期，曾在這裡設立軍營，跑馬場。居民眾多，形成街面，繁華一時。

　　相片背景是男方的家，也是店面，大門上懸掛八仙彩，喜氣洋洋。店面以玻璃格窗構成，兩扇大門拉開，就能做生意。

　　姑母結婚時間約在二戰終戰前兩年左右。她結婚團體照是我家族中留存下來最古老的照片，約七十二年的歷史，儘管斑剝，退色，影像仍清晰可辨。

　　當時物質缺乏，人民生活清苦。參加親人婚禮，沒有能力買鞋子，只好穿木屐上場。前排左三是我二弟，與前排最右孩童，是男方的。兩個幼童腳踏木屐，參加喜宴。中排左二是筆者，理光頭，著白襯杉，站台階上，也是穿木屐，前排的人擋住，看不出來。

　　兩對花童都是女的，一對穿格子洋裝，另一隊穿白色洋裝，腳穿襪子、皮鞋，手捧一束鮮花，穿著華美。地上鋪草蓆，盤腿席地而坐，體態優雅。

　　姑母穿西式婚紗新娘禮服，頭戴白紗，身穿白色新娘服，手捧「新娘花」。新郎理小平頭，穿灰色西服，白襯衫，結領帶，套背心，服飾極為時尚，一對新人表情嚴肅。

　　前排坐姿左一是男方長輩，穿著漢式黑色禮服，生活習慣沒有全部「皇民化」。

　　前排坐姿左二是我祖父，當年他四十八歲，理平頭，穿西服，結領帶。

　　後排左二是我父親，當時他二十三歲，算是青年時期。後排左三我叫他泰然叔公，我家長輩代表。

　　男士除穿西服之外，其餘賓客都穿『國民裝』居多。因為西裝價格昂貴。年長的女士穿的都是漢式旗袍，閩南語叫『長衫』的服裝。照片右上角落年輕婦女穿著的則為洋裝。

　　少女少男就讀公學校，衣服就穿學生服，就能參加喜宴了，不必像大人一樣，出門時大費周章。

　　照片中的成人除我方親友少數人之外，都是姑丈男方親友，根本不認識。留下珍貴結婚紀念照，見證當年庶民參加

喜慶時穿著服，與現代服飾，多少有些差異。

　　這幀我童年時的老照片，當時相片珍貴稀有。父親收集的相片，陳列在一個大相框內，掛在小客廳的牆壁上，印象非常深刻。後來相片從相框拆下來，放在相簿裡留存下來。隨著無情歲月的流逝，我也從幼童成為老人矣！

（更生日報 2014.7.12）

埤頭武館歲月

童年常聽到族人講的一句話：就是「埤頭武館內」，意涵我們的家族曾經以崇尚武德，人才輩出的輝煌年代。

童年常在堂叔家的院子裡玩耍，角落擺放石鎖：寬二十公分，長三十公分，高二十五公分，表面中間彫琢出一道握柄，可以握緊抬高，訓練體能，也是應試時的項目之一。

堂叔家中另有一把大刀，高度達一百八十公分，刀柄以鐵鑄成，長一百二十公分。幼時我們兄弟曾經想要搬動，兩人想抬卻抬不動。

查資料考試用的大刀重量分一百二十斤，一百斤，八十斤三號，考生可以自行選擇。武館內大刀沒稱過重量，最少也有八十斤重量。

另一項考試就是射箭，拉弓，測驗臂力，眼力。可惜弓箭從來沒見過。

當時於縣，府城進行的童試：合格者稱武秀才。鄉試於省城進行，具武秀才資格才能參加，合格者稱武舉人。於京城進行，具武舉人資格者才能參加，合格者稱為武進士。

我祖先陳士定公來自福建泉州府石井鄉，明末清初來台。定居於台南，麻豆的後班，稱為後班祖。生下陳天、陳富、陳福、陳祿四兄弟。陳福遷居埤頭，到筆者為止，傳到十三代，繁衍後代達千人以上，稱為「埤頭祖」。

筆者是鼎宗公派下，從開基祖士定公算起，為十三代子孫。為感念陳福公，成立祭祀公業管理委員會，建造陳質樸宗祠，於今年四月四日入火安座。二層樓建築物，莊嚴樸實。

傳到第七代，陳閣、陳慈兩兄弟，另一房的陳祥鴻三人

中了武秀才，習武風潮興起，開設武館，積極培養子弟，陳閣為筆者先祖。

陳閣之子美崑，另房的陳謙、陳合意、陳東四人屬第八代，先後中了武秀才。埤頭武館聲威遠播。一個家族中先後出現七位武秀才，以當時來說確實不易。

第八代中陳祥光中了文秀才，他兒子陳西湖曾經擔任麻豆鎮長。

西元 1885 年中日甲午戰爭，清廷敗戰，割讓台灣，澎湖予日本。日軍從布袋港登陸後，10 月 13 日，佔領水陸交通要道新營鐵線橋。

麻豆士紳郭黃泰號召麻豆埤頭武秀才陳東（維邦），及巷口里武秀才郭黃池、柯文祥等組織「抗日義勇軍」。

陳東率領埤頭宋江陣參加，與擁有現代化精良武器的槍砲，經嚴格訓練的日軍交戰，實力相差懸殊。

抗日義軍雖然士氣高昂，擺出宋江陣陣頭，經不起日軍猛烈砲火的攻擊，死傷慘重。義軍首領陳東，中彈壯烈犧牲，史稱「鐵線橋事件」。這是埤頭武館參予抗日事件的紀錄。

日本平定台灣後，開始嚴厲報復手段，根據陳斗南先生生前口述：西元 1898 年 10 月 16 日，「清壓」活動中，五房內先祖，陳庚，陳協、陳兩三人，遭日警殺害。另一位武秀才陳祥鴻，後來也遭「斬頭示眾」。意圖完全清除抗日、仇日的份子。

埤頭宋江陣武術訓練的香火綿延不盡，童年印象中，日本當局禁止宋江陣的結集訓練。台灣光復後，埤頭壓重振旗鼓，恢復宋江陣。筆者十幾年前返鄉，夜晚率兄弟妹到壓內信仰中心永安宮，參觀廟埕的廣場，宋江陣團員，舉行訓練。在「頭旗」前導指揮下，進行各項武器及陣勢的演練。年輕

力壯的漢子，手持各項武器，刀、棍、斧、鑱、鉤、杈、盾牌、傘等。以鑼鼓聲號令，擺出不同陣勢。在夜空中虎虎生風，威武雄壯，展現無遺。

據當時里長陳秋勳告知：各地廟會時，埤頭宋江陣常應邀參加藝陣表演，博得熱烈掌聲；然而年輕力壯的年輕人，外出工作，成員招募不易，參加人數一陣縮小為 36 人。

西元 1919 年，日治時期大正八年，於埤頭武館內祖宅，現在陳正雄住宅，設立麻豆公學校分離教室（分班），招收公學校學生開始授課。西元 1921 年大山腳公學校於現址成立，遷離埤頭武館。

因此埤頭武館成為大山國小原始誕生之地，我父親一生服務的學校，也是我們六兄弟妹的母校。

我曾經到過宗親陳正雄的住宅，尋訪以前分離教室的遺跡，遍尋不著。大山國小今年五月慶祝九十年周年校慶，前三年歲月就在習武的道館內度過。往昔館內琅琅書聲，早已停輟。

甲午年敗戰後，清廷停掉以弓、刀、石為考試項目的武舉制度。畢竟刀槍抵擋不住現代化的武器。埤頭武館的名聲，日漸式微，年輕的後裔很少聽到「埤頭武館」的名號。

一百多年內，先祖為奠定家業，學習武藝，歷盡艱辛，締造厚實家業，庇蔭子孫。緬懷祖德，感念之餘，當奮發惕勵，不辱先祖。

（參考資料：詹評仁先生主持兼總編審之「台南縣麻豆鎮耆老口述歷史記錄」。謹致謝意。）

（中華日報副刊　2012.2.10）

ツ 獵海人

火球花散文集

作　　者	陳文榮
封面設計	王貴芬
出 版 者	陳文榮
製作發行	獵海人
	114 台北市內湖區瑞光路 76 巷 69 號 2 樓
	電話：+886-2-2518-0207
	傳真：+886-2-2518-0778
	服務信箱：s.seahunter@gmail.com
展售門市	**國家書店【松江門市】**
	10485 台北市中山區松江路 209 號 1 樓
	電話：+886-2-2518-0207
	三民書局【復北門市】
	10476 台北市復興北路 386 號
	電話：+886-2-2500-6600
	三民書局【重南門市】
	10045 台北市重慶南路一段 61 號
	電話：+886-2-2361-7511
網路訂購	博客來網路書店：http://www.books.com.tw
	三民網路書店：http://www.m.sanmin.com.tw
	金石堂網路書店：http://www.kingstone.com.tw
	學思行網路書店：http://www.taaze.tw
法律顧問	毛國樑　律師

ISBN：978-957-43-3879-5
出版日期：2016 年 10 月
定　　價：390 元